義姊生活
8
三河ごーすと
插畫 Hiten
Kadokawa Fantastic Novels

「呀呵～兩位，
有沒有因為前輩不在覺得寂寞啊？」

早晨

未來預想圖

出路話題

大家對就業有什麼看法？

總之我要當職棒選手。

咦？之前你不是說這不切實際嗎？

還有最後的夏天嘛。
如果到時候覺醒來個超級大活躍還有機會。

真意外。我還以為丸同學不是那種一廂情願的人。

期望值沒有估得那麼高啦。
我是先把目標定在最高處，之後再漸漸往下降。
這麼一來就能停在自己所能碰到的最高處了吧？

原來如此。

不愧是丸同學。狡猾的男人。

什麼？那妳又是怎麼樣啊，奈良坂？

我的目標只有瘋狂科學家！

呃……這是職業嗎？

該不會想製造科學怪人吧？

搞不好是巨大機器人喔。

想得到許可恐怕要花很多時間。

我想製作強迫把世間情侶湊在一起的嗚呼呼藥！

這人把慾望全都說出來了。
是不是趁早讓公安警察盯著她比較好啊？

喂，你們這些男人！不要講些沒有夢想的話～！

要是真綾真的成了科學家，這世界或許會變得非常恐怖……

義妹生活 8

三河ごーすと
插畫 Hiten

Kadokawa Fantastic Novels

Contents

Days with my Step Sister

成長的階梯是螺旋梯。一再看見同樣的景色，回過神時已身在高處。

序幕　淺村悠太

林蔭道的櫻花樹上只剩葉子。

穿過成了通學路線的窄巷，登上緩坡，就能看見水星高中校舍出現在上坡路的另一邊。

我看向手錶，確認當前時刻。

離在體育館舉行的始業式還有不少時間。即使如此，我依舊加快腳步往樓梯口移動。這學期重新分班，就算要參加始業式，也得先確認自己分到哪一班。

鞋櫃後那一塊區域擠滿了人。

因為新班級的名單貼在那裡。

牆上那一大張紙，按照班級順序列出了大家的名字。

即使是在學校……或者該說「在學校也」沒多少親密友人的我，這一刻也多少有些緊張。

雖然這兩年我都和丸同班，所以在教室裡過得還算愜意就是了。

我不太在意什麼寂寞，不過學生生活往往要求團體作業，有個相熟的人確實會比較自在。

若是這樣，那麼平時就該多交流，和同學們打好關係。這說法很有道理。但是我心裡也有一部分認為，要花力氣應付人際關係很麻煩。

不過嘛，朋友少在考季時反而有利——或許就是因為我腦袋裡也有這種念頭，丸才會調侃我：「你的孤獨耐性太高了。」

等到人稍微少了一點，我才站到貼出來的名單前。

我從頭開始慢慢找自己的名字。名字按照五十音順序排列，這時候姓「淺村」就很方便（註：「淺村」的第一個音是五十音開頭的あ），只需要從一覽表開頭看起，很快就能找到。1班……沒有。2班一樣沒有。3班也沒有。

繼續往右看——

嗯？

視野角落有金色的光芒。

我不禁轉頭看過去，發現右邊站了一個頭髮略長而且染成亮色的女生。她眉頭微皺，專心地盯著牆上的名單看。

綾瀨沙季。

就讀水星高中三年級的女生——

我的義妹。

由於彼此的父母結婚，我們在去年六月成了沒有血緣的兄妹。

一時之間，我盯著她的側臉。

先前剪短的頭髮，已經留回和我們相識時差不多的長度。和那時一樣的髮型、一樣的側臉——不過，現在她給人的印象，相較於當時有了很大的變化。

所謂的有變化，不是指顯眼的髮色、不至於違反校規的自然淡妝等表面裝飾，而是表情。綾瀨同學以前自認眼神凶惡所以討厭拍照，然而她並不是五官天生如此，我想是因為隨時處於緊繃狀態，影響到表情了。

她給人的印象，變化程度大到會讓人這麼想。

剛認識的時候，她對周遭總是充滿戒心，有如一頭誰傷害自己就要反咬回去的野獸——雖然這比喻大概會惹她生氣。現在我也能明白，她為什麼用「武裝」形容自己的化妝和穿著。

父母離異的她會有這種戒心，應該是源自對於生父的不信任。

我也和她一樣，對於和父親離婚的生母感到失望，所以大致能體會。

或者——說不定這部分的影響比較大——是長期共同生活下來，我們漸漸能夠理解彼此了。

「淺村同學。」

她突然轉過來，向我搭話。

「啊，綾瀨同學。」

「嗯？抱歉，嚇到你了？」

「不，沒這回事。」

不過，我和她在學校向來會避免在公開場合表現得很親近，所以驚訝是真的。另一方面，也是因為剛剛一直盯著她看，讓我有點尷尬。不，這不是重點。

「今年我們同班呢。請多指教。」

「咦……咦？」

我轉頭看向名單。

剛剛好像只看到3班？這也就是說……是4班的名單吧。

第一個名字是淺村悠太。然後，綾瀨沙季就在附近。

「啊，真的耶。」

「說什麼『真的耶』，難道你不高興？」

聽到她聲音裡有些不滿，我連忙辯解。

「不不不，沒這回事。只不過，我原本以為這種情況會分到不同班級。」

雖然不曉得有沒有這種規矩，不過校方知道我和綾瀨同學是一家人，我還以為會把我們分開。

「沒這種規矩吧？」

聽她這麼一說，好像的確是這樣。

試著回想之後，我才發現國中時也見過雙胞胎或堂表兄弟姊妹同班。光是參考學力和學生性格等方面的平衡做安排就已經很費心力，連其他人際關係也考慮進去恐怕會沒完沒了。

「這麼說來確實沒錯。」

「不過我和真綾分開了。」

「啊，原來是這樣啊。」

「你那邊也是吧。」

「欸？」

我再度看向名單。「你那邊」是指……呃，啊，沒有丸。接著我又往左右確認，看來丸是在3班。

「真綾是3班。」

「也就是說，她和丸同班。」

那兩個人分在同一班啊。看來3班會是強敵，雖然不曉得要競爭什麼。

「既然在隔壁班，體育課之類的應該會一起上就是了。不過，三年級和二年級不一樣，照升學目標分開授課的部分很多，有沒有同班或許影響不大。」

選修課會按照理組文組、目標是國立私立而有些差異，分到同一班卻在不同教室上課的情形也會比以前多。

「真綾要考理組。」

「咦？」

還真讓人——不意外？這麼說來，丸好像也是理組。那兩人或許意外地相像。

「她說，她將來的夢想是當個瘋狂科學家。」

「那應該是動畫吧……」

「是嗎？原來是開玩笑？」

「或許。」

我們兩個都猜不透。

「嗯，總而言之，這一年請多指教嘍，淺村同學。」

「彼此彼此，綾瀨同學。」

無論如何，接下來這一年，我們會在同一棟校舍的同一間教室度過。

這點倒是很單純地令人開心。

我們倆並肩走向舉行始業式的體育館，一路上邊走邊聊這些。

周圍沒有別人。大家都趕往體育館了。因此，我們能像這樣悠哉地兩人同行。

「所以，要怎麼辦？」

「是指在學校的時候，對吧？」

我和綾瀨同學成了沒血緣的兄妹，這件事並未公開。因為我們不希望引來多餘的關注或奇怪的話題。

我小心翼翼地說道：

「我在想，基本上和之前一樣就行了吧？好比說就像現在這樣，在重新分班的日子邊走邊聊分到同一班的事。」

這種程度以學生來說應該算得上自然吧。

我這麼說完後，綾瀨同學噗嗤一笑。

「換句話說，就是維持在同班同學的範圍內對吧？」

「沒錯沒錯。硬是不說話也很不自然嘛。」

「我知道了。」

綾瀨同學點頭。

即使如此——

考慮到她的性格，在學校時大概沒辦法像在家一樣輕鬆地聊天吧。

丸也不在，看來在學校整天都沒和任何人說話的日子要增加了。

4月19日（星期一）　淺村悠太

連排水溝裡也見不到櫻花花瓣，眼前風景逐漸轉為一片鮮豔的綠。

每年都是這樣。

年年歲歲花相似，周而復始的景色總是這副模樣。

不過，對於高中生來說，升一個年級帶來的變化相當大。

進校舍要多爬一層樓，往窗外看可以俯視樹梢，操場遠處也能進入視野。窗戶另一邊的景色，告訴大家有了些微小的變化。對於我們來說，這些已經夠讓人覺得自己比去年更接近大人了。

教室裡的風景也一樣。

學生們打散均分到各班，熟面孔剩下約六分之一，教室裡坐了許多面生的人。重新分班之後，教室的氣氛也跟著改變，這點雖然是理所當然的，不過要習慣還是得花點時間。

我從書包裡拿出教科書，為第一節課做準備。

抄板書的筆記本、鉛筆，還有……

順帶一提，分到同一班的綾瀨同學，座位在我右方往前兩列的位置，勉強能在一群女生裡看見她染成亮色系的頭髮。由於嚴守和綾瀨同學商量出來的結論，我和她在學校沒說幾句話。這也是難免的，畢竟能順其自然和女生交談的機會本來就不多。

話說回來，明明從班會結束到開始上課只有十分鐘的空檔，在我眼前圍成一圈的那些女生卻聊得相當起勁。真虧她們有那麼多話能聊。綾瀨同學看起來也參加得很自然。她順理成章地融入團體，沒有被孤立。

看來她已經習慣重新分班帶來的變化了。

和我有很大的差別。這麼說起來，昨天一起上體育課的丸還對我說：「淺村啊，我很擔心你。你午飯是不是都一個人吃啊？」

我回答自己不太在意這種事，所以不成問題……

這個時候，我才發現情況不對。今天已經是19日，4月也進入後半，要是就這樣連一個新的好友都沒交到，再過個十天——

「黃金週快到了耶～好不容易才變熟的，短時間內沒辦法見面了呢。」

女生那邊正好有人提到我所想的，於是我豎起了耳朵。

那個說「沒辦法見面」的女生，沮喪地垂下肩膀。其他女生則拍拍她的肩膀、摸摸她的頭。

「啊～小涼好可愛！不過我也覺得好寂寞！」

有人表示同意，還有人提議一起去唱卡拉ＯＫ。

「綾瀨同學，妳黃金週有什麼安排嗎？」

叫做「小涼」的女生提到某個名字，讓我的心臟猛然跳了一下。

被其他女生遮住的亮色系頭髮某人開口：

「念書準備模擬考吧。」

「好認真喔～」

「會嗎？」

「嗯。聊過之後才知道……呃，抱歉喔，才知道綾瀨同學這麼認真。雖然說我們的確是考生啦～不過今年的黃金週只有一次嘛。」

「我想，不管哪一年黃金週都只有一次。」

「不、不過，綾瀨同學，天天都在念書感覺很無聊耶……該怎麼講……難道妳不會想做些別的事嗎？」

「別的事……比方說？」

「和男朋友出去玩之類的……咳咳。」

明明是自己說出口的，說完之後卻又不好意思地咳了兩聲，這人真是難懂啊。

——不對，這樣簡直就是在偷聽啊。

「喂，男生！不要偷聽！」

聊天的女生之中，當班長的那位同學這麼一喊，眾多男生便同時把臉別開，讓人不禁無奈地在心中吐槽。儘管我自己也是其中之一。

有個得意忘形的男生大喊：

「我才沒偷聽~只是剛好聽到而已~」

你是小學生嗎？

「你是小學生嗎！」

可能是因為女生代言了許多人的心聲吧，就連剛剛假裝沒聽到的那些傢伙也都笑了。

大家的笑容裡都帶了些苦笑。

嗯，這一班好像還不錯呢——我稍微鬆了口氣。

「不過……出去玩又要做什麼呢？」

「喔，綾瀨同學，所以妳有男朋友？」

「……不是這個意思。呃……不限男友，單純指和男生出去玩。」

「妳對這種事還是有興趣的嘛。」

班長露出奸笑。

「不，並沒有……」

「這個嘛，像是約會？」

「約會……」

「一起吃飯、一起看電影——不然也可以在家約會。像是和男朋友一起做飯啊～」

「喔……呃，就這樣？」

「是這樣沒錯。怎麼，妳還想更進一步嗎，綾瀨同學？」

教室頓時嘈雜起來。

就在綾瀨同學試圖辯解時，上課鐘聲響起，教室前門跟著打開，教第一節課現代文的教師走了進來。喧鬧聲逐漸平息。

我看著她的背影，回想剛剛綾瀨同學她們的對話。

吃飯、看電影，呃……還有在家一起做飯？

我們全都做過了。

所以說呢，也難怪綾瀨同學會有「就這樣？」的反應。但即使如此，談到會不會想要更進一步，又是另外一回事了。啊，這些不是早上第一節課該想的東西。

我偷偷打量綾瀨同學的臉。

接著碰上了她有些困擾的眼神。她扭過頭去，重新看向黑板。

最近，我們在教室裡經常短暫地對上眼。

也不知是出於巧合，還是我的目光下意識地跟著她跑。

說不定，就是因為我一直看著她的背影，她注意到我的視線之後才回頭……

「——村同學。」

大概是腦袋裡在想這些的關係，我上課時偶爾會分心。

「淺村同學，淺、村、同、學！」

「啊，在！」

慢了半拍才注意到人家在叫我，就是最明顯的證據。

「接著往下讀。」

我連忙拿著教科書起立，按照授課老師的指示開始朗讀。

直到老師說：「好，就到這裡。」之後，我才能坐下喘口氣。內容雖然短，但明治時代的文章對於生在現代的我們來說，實在很難讀。我看向自己剛剛讀的開頭一小段文豪著作。

『實則東返今日我，已非西航昔日我。』

我非昔日我……是嗎？

「那麼，接下來換綾瀨同學。」

「是。」

聽到這聲乾脆的回答，我抬起頭。右前方的綾瀨同學站起身來，朗讀教科書。帶有古風的文句，由平穩悅耳的聲音緩緩讀出，在教室內經過一番飄蕩後流入耳裡。朗讀得真好。

因為雙親再婚而開始的共同生活，已經快要滿一年了，但是這位義妹仍然能帶給我驚奇、意外，每每令我感動不已。

「就到這裡。朗讀得很好喔。」

「多謝誇獎。」

教現代文的老師，是那種只要學生有點表現——比方說知道某個艱深詞語——就會誇獎的人。

綾瀨同學坐下後，旁邊的班長拍了拍她的背。

「綾瀨同學，妳的聲音很好聽耶。」

綾瀨同學回以微笑。

看見這一幕，我突然想到……一年前的她，會用笑容回應人家嗎？總覺得多半會板著一張臉，小聲應一句：「謝謝。」

雖然沒辦法講得很清楚，但綾瀨同學的確有了些改變。儘管那種不願過度迎合別人的性格依舊，然而和只有奈良坂同學一個好友的時期已經有所不同。

她和班上女生能正常對話。不止奈良坂同學或去年夏天一起去過泳池那些人，進了新班級才認識的同學也可以。

像是坐在綾瀨同學隔壁的班長。這個領袖氣質十足，所以大家叫她「班長」比叫她名字次數來得多的女生，經常找綾瀨同學聊天。

新學期開始還不到兩週，綾瀨同學已經能和這群幾乎都是初次見面的人交流，真是厲害。看見她的改變，令人感慨萬千。不過同時我也在想，自己是否有所成長呢？

我想起正月回老爸家鄉的事。祖父對綾瀨同學她們母女持否定態度，我為了袒護綾瀨同學——沙季而慷慨激昂地反駁。

『沙季她溫柔、誠實——而且很努力。』

沒錯，綾瀨同學總是在努力。

我也想克服一些令我頭痛的難關。

此時，我想到方才在女生團體裡和其他人正常交談的綾瀨同學。

我也試著平常就積極和別人交流吧。丸也曾對我說過「你對別人太不關心了」這種話。

腦袋裡都在想這些的我，單手托腮呆呆地望著黑板，結果又被點到了。我剛剛完全沒在聽，所以這次連該回答什麼都不曉得。這時候再怎麼蒙混也沒意義，於是我乖乖招認。

「不知道。」

「呃，我什麼都還沒問耶？」

「啊。」

同學們哄堂大笑。

真的是發呆發過頭了。

雖然好不容易把老師的問題應付過去了，不過可能是剛剛太顯眼，一下課吉田就跑過來——

「淺村你看起來很認真，居然會在上課時睡覺啊～」

吐槽我。

「我醒著啦。」

「熬夜了嗎？看色情影片之類的？」

「也沒有。只是發呆了一下而已。」

「這樣啊。不過很少見耶？」

「會嗎？」

「嗯～啊，不，或許是我的印象有錯。畢竟在校外教學之前，我們都沒講過幾句話嘛～」

聽到吉田這麼說，我也回了句：「是啊。」我和吉田雖然二年級時也同班，不過我很少和丸以外的人交談，所以距離感和其他分班才認識的同學沒什麼兩樣。

我和他是因為校外教學時住在同一個房間，才有了接點。

吉田性格直爽，分班後第一個跑來找我搭話，說：「又同班了呢，多多指教嘍。」此後，他偶爾會像這樣來找我聊天。

我們的話題不像和丸聊天那樣契合，所以他來找我時我會回應。但我截至今天為止從來沒有主動搭話。就這樣過了兩週。

如果我要主動開口——該聊什麼才好？

「我說啊，吉田。」

「嗯？」

令人頭痛。如果對象是丸，我不用多想就能找到話題。像這樣鄭重其事地找人閒聊，反而想不到該聊什麼。

「這麼說來你呢？」

根本算不上什麼話題。

聽到「你呢？」只會讓人覺得「我怎樣？」吧。

我還真不會提問。不過，吉田是個好人，這麼隨便都能接下來。

「我嗎？我啊，晚上大概是聽音樂或看影片吧。」

看樣子，對於我這種曖昧無意義的回應，他當成了「如果你熬夜，會是因為做什麼事」的意思。

然後吉田列出了幾個最近他很中意的曲名，但是我完全不認識。

我試著用手機上網搜尋。

「呃……喔，動畫主題曲啊。」

「是嗎？」

「這裡是這麼寫的。」

我拿搜尋結果給他看，結果他回：「我都不知道耶。」這也就表示，他不是因為喜歡動畫或漫畫才認識這些歌曲，而是當成流行音樂了吧。

吉田也說自己不太看動畫和漫畫。

我雖然比較常看書，但在丸的影響下也會看些深夜動畫。不過，我對流行不太熟，不認識這些歌曲。搜尋之後才發現，那是官方上傳的宣傳用曲。於是我留下標記，打算晚點聽聽看。

「淺村，你這人不錯耶。」

聽到這句出乎意料的話，原本在看手機畫面的我抬起頭。

「欸？為什麼？」

「因為不知道可以隨口帶過，你卻特地去查了資料配合我的話題嘛。和別人不一樣喔。」

是這樣嗎？我自己倒是不太清楚。

看書也一樣，我知道自己的喜好比較偏頗。

偏頗會帶來偏見。

像是視野狹隘啦、傲慢啦、自戀啦。

讀了書，讓我知道變得封閉有多可怕。正因如此，我看書時除了小說之外，也會讀哲學、商業、自傳、科普、歷史等各種領域的書。所謂的偏頗也是一種個性，無法避免。但是，我盡力不讓自己拘泥於一小部分。

聽音樂時，我不想拿「不知道」當不聽的理由。還有，反正都是要聽，就該好好享受它，不是嗎？

我向吉田陳述這些屬於我自己的理由。

「原來如此。不懂。」

「意思就是，我也喜歡聽人家講自己喜歡的東西。最近有迷上什麼別的嗎？」

「喔，如果是這樣，那我推薦——」

吉田的話題多是YouTuber、流行音樂、電視劇，對我來說是個新鮮的領域，很多我不知道的東西。同樣聊到影片，丸推薦給我的就會是VTuber的遊戲實況影片。

每當出現陌生的詞彙，我就會一邊用手機搜尋一邊試著附和。如果要問這樣算不算有在對話，我也不太確定就是了。

……閒聊就是這樣嗎？

即使如此，我還是勉強撐過了下課十分鐘。

大家都能輕而易舉做到，真是令我佩服。擴音器傳出上課鐘聲，吉田回到自己的座位。

我攤開教科書，抬眼往前一瞄，亮色秀髮在視野裡一閃而過，我和綾瀨同學有那麼一瞬間對上了眼。她很快就轉身看向黑板，但她剛剛好像真的在看我。

還是說，這也是因為我總是把注意力放在她身上呢……

放學後，我先回家一趟，然後一如往常地前往打工的書店。

一走進後場，店長就說了句：「淺村小弟，過來一下。」把我叫住。

「其實啊，我接到聯絡，讀賣小妹從今天起整個星期都要忙著求職，排班時間會變少。」

今天，打工人員包含我在內一共四人。我和綾瀨同學，以及兩名大學生，而且那兩個人都是今年春天才開始工作。也就是說，我意外地成了打工人員裡最資深的。

「淺村小弟已經有過經驗，應該曉得，這星期的退貨處理相當累。」

「啊，對，我想也是。」

下週開始放大型連假，物流會停擺。換句話說，原本該在週一發售的雜誌不會在週一送到。這麼一來，會讓顧客很困擾。畢竟定期出刊的雜誌就會讓人想要定期閱讀，每個月25日出的書，大家會期待書店在25日就擺出來。

顧客會困擾，代表書店也會困擾。那怎麼辦呢？一旦發售日和假日重疊，書本這種商品通常會提前發售。大概是人們認為提前總比延後好。

因此，碰上要休約一星期的黃金週，書店會趕在假期前進完一週份的書。我們的書店規模還算大，進的量也多。然後連假期間無法退貨，如果不希望後場堆滿庫存，就得趁黃金週之前趕快把賣得不好的雜誌、書籍退回去。倘若不這樣把書架空出來，店裡會堆滿書。

要是讀賣前輩在，應該能讓打工人員們俐落地處理好退貨。但是她不在，也只能由我領頭了。

我把和店長那段談話留在腦中一隅，走向賣場。

經過收銀台時，我與排班在同時段的綾瀨同學對上眼。

我只向她輕輕點頭，便趕去整理書架。雖然實際情況要看當天工作內容和忙碌程度而定，不過基本上我待在賣場時綾瀨同學會在收銀台，綾瀨同學在賣場時我就會站收銀台，所以打工時間彼此不太有機會交談。

這是我們商量後的決定，在外面時盡量不要黏在一起。當然，要維持在看起來自然的範圍內。

休息時，我們恰好在同一個時間進辦公室。不過打工的男性大學生也在，我和綾瀨同學不方便聊自己的，到頭來只有喝茶而沒講什麼話。

兩個打工大學生是一男一女，先休息的男生離開時，正好輪到女生進來休息。兩人擦身而過之際，只說了「我回崗位。」「好。」女生進來後對我和綾瀨同學點頭示意。原本以為她會泡杯茶喝，結果她直接坐下掏出口袋裡的文庫本開始看，全身上下散發出「別和我說話」的氣息。看見這副模樣，讓我——

「覺得很像我對吧？」

坐在旁邊的綾瀨同學，以只有我聽得到的音量悄聲說道。

聽到之後，我差點把茶噴出來。

還來不及回話，綾瀨同學已經拿著紙杯起身，結束休息時間走出辦公室。打工的女大學生抬起頭，狐疑地看了我一眼。

不，我什麼都沒做。

打工時間就這樣不斷流逝，我再度體會到讀賣前輩這道潤滑油有多重要。特別是今天。如果她在，應該能很自然地把我們和兩個新人都拉進對話，我也能自然地和綾瀨同學交談。

如果只有我和綾瀨同學兩個人，就沒辦法客觀地調整好距離感，所以會害怕。即使我們兩個覺得沒有很黏，職場其他人看在眼裡也可能會不爽地覺得「這兩個人工作時間在做什麼啊？」

因此我們選擇自我克制。

不過，這麼做也導致我們和其他打工人員拉開了距離。令人煩惱。

由於下班時間一致，我和綾瀨同學一起走進辦公室，卻看見不該出現的讀賣前輩一身套裝站在我們眼前。

深藍色的外衣、裙子，配上白襯衫。黑色秀髮束在腦後，光是沒像平常那樣長髮披肩就給人截然不同的印象。但如果說這樣顯得很能幹，大概會惹她生氣。

一看見我們打開辦公室的門，讀賣前輩就用不正經的口吻說道：

「呀呵～兩位，有沒有因為前輩不在覺得寂寞啊？」

可是一看見她露出柴郡貓般的笑容，就讓人想賭氣不承認。

「雖然不會寂寞，卻深切體會到自身戰力不足。」

「喔？」

「話說回來，妳今天不是沒排班嗎？」

「唉呀呀？嫌我礙事？打擾你們了嗎？」

「不，豈敢。」

「好過分～我特地來為大家打氣耶。」

「說是來調侃我們的話倒是能夠理解。」

「講得真過分～嗚嗚。哇哇。哭哭。」

假哭版本還真是多得沒意義。

「呃——」

身為弄哭年長女性的男高中生，此時正確的做法不管怎麼想都是轉移話題吧？

「——所以說，妳為什麼會在這裡？」

「我發現黃金週快到了，想說還是排個班比較好，就算來得晚一點也無妨。」

她說要等面試結束，因此請人家幫忙把她的班排在深夜時段，打算直接進店裡工作。換句話說，因為店裡會很忙，所以她願意換個時段來上班。

綾瀨同學似乎也注意到了這點，老實地低下頭道謝。

「謝謝妳。」

「哪裡哪裡，沒什麼大不——的確有。好，我允許你們讚美我。」

自己講出這種話反而讓人家很難開口。不過，這大概也是讀賣前輩掩飾害羞的方法吧。

我也老實地道謝。畢竟說自己戰力不足是真心話。

前輩到的比預定時間來得早。我們換好衣服再度走進辦公室時，看見她拿著罐裝咖啡悠哉地坐著。

正想道別時，我突然想到一件事，決定問問看。

「前輩，求職是不是很辛苦？」

「嗯？有興趣？不過你們兩個都要升學對吧？」

綾瀨同學點頭。我也點點頭並說道：

「我們打算讀大學。不過，畢業之後打算就業。」

「準備得真早呢。我在你們這個年紀啊，腦袋裡只想著應考。」

說是這麼說，但讀賣前輩依舊簡單地講了些求職的事。

她投了學術類書籍的出版社、電子書店（似乎是製作電子書的公司）、資訊業和製造業的行政職等，儘管有希望從事的工作，卻沒有限定單一領域，選擇多方嘗試。

面試的公司數量之多雖然也令人驚訝，但是面試的領域居然這麼廣才真的讓我非常意外。

「我還以為，讀賣前輩會決定一個目標以後就勇往直前，沒想到居然去了這麼多公司啊。」

「我看起來像是那種人嗎？」

我旁邊的綾瀨同學也點頭。

「像。」

「是嗎？我像是那麼有信念的人？」

「這和『信念』好像不太一樣。」

綾瀨同學這句話，引起了讀賣前輩的興趣。

「嗯嗯。那麼，在沙季眼裡的我是什麼樣子呢？我很有興趣，說來聽聽。」

「呃……」

綾瀨同學沉吟了一會兒。

我明白她長考的理由，因為讀賣前輩這個人的性質很難用言語描述。綾瀨同學沒說話，我只好在後面補充說明。

「以讀賣前輩的性格看來，無論邀前輩去哪裡都會跟，但是已經決定要去哪裡的時候，前輩除了真正想去的地方以外都不會去。」

聽到我這麼說，綾瀨同學一副深得我心的模樣在旁邊點頭。

「在我看來也是這種感覺。」

「雖然好相處，但會堅持己見——類似這樣。」

「喔？這樣真的算得上好相處嗎～是不是在說我很會陪笑卻自我中心？」

是。

雖然是，但我有斟酌用詞，沒說得那麼直接。

「真是個怪胎啊～世上有個性這麼怪的人嗎～？」

我和綾瀨同學沒好氣地看著眼前這位怪胎。讀賣前輩就像被長槍刺中一樣摀著心臟誇張地大叫：

「目光……好刺人！這是心理攻擊！你們什麼時候變得這麼有默契了？你們實在太狠了啦！」

「都是被魔鬼教官訓練出來的嘛。」

「嗚嗚。我明白了，我明白你們想說什麼了。不過，我對於去哪裡工作沒什麼堅持也是真的。」

讀賣前輩表示，她就連選擇大學也不是基於未來展望，只是為了再拖延一點時間，而且地點正好適合離開鄉下到東京生活，才做出這個決定。

「所以，到了該求職的現在，就沒辦法縮小選擇範圍啦。」

我和綾瀨同學聽了這番話，在傻眼的同時也感到佩服。沒想到居然有人因為這種理由，就簡單地選擇進國立女子大學就讀。

「所以，後輩和沙季也趁現在多想一想比較好喔～」

「這樣啊。」

「我知道了。」

我原本也沒多想，只是認為以高分學校為目標，將來的選擇應該會比較多……看見沒想清楚的結果就在眼前，讓我覺得或許該考慮得更具體一點。

「啊～胃好痛。不曉得會不會有哪家錄取我？」

讀賣前輩把按住胸口的手移到胃那一帶說出這種話，結果走進辦公室的店長聽到之後說：「既然那麼煩惱，那就來當我們家的員工呀。」儘管內容像是玩笑話，他的口氣卻相當認真。

「店長又在開玩笑了。」

「我會多給點薪水啦。」

「多謝抬愛。我會考慮考慮～」

讀賣前輩向剛進來沒多久又走出去的店長揮揮手。等到店長的身影消失，她才用只有我們聽得到的音量說道：

「老實說，我不太想就這樣留下來工作。雖然我喜歡工作內容也不討厭這裡，但如果做的事只是現在的延伸，感覺會膩。我想要一些新的刺激。」

由於時間不早了，於是我們苦笑著表示會替她保密後便離開辦公室。

就業啊……

我推著自行車，和綾瀨同學一起踏上回家的路。

季節逐漸由春轉為初夏，走在路上已經不太會像冬季那樣感受到寒意。行道樹枝頭上綠葉繁盛，行人服裝的色彩也由沉重轉為輕快。某些店家櫥窗裡的假人，已經換上怎麼看都是夏裝的短袖裝扮。

走在我身旁的綾瀨同學，以敏銳目光打量那些在玻璃另一邊的服飾。

我也配合她看過去，試著發表一些感想。

「該怎麼講，淺紫色好像挺多的。」

「數碼薰衣草啊。」

綾瀨同學指著色調偏柔和的淡紫色服裝說道。

「這種顏色的名字？」

「嗯。人家說，那是接下來的流行顏色之一。」

可能是因為我表示關心吧，綾瀨同學為我講解起流行服飾，然而一堆專業術語讓人記也記不完。她講了幾種算得上當前流行趨勢的顏色，不過我八成明天就會忘掉。

但是，所謂「流行」是指「正值興盛」這種眼前的現象，不該用在還沒出現的東西上。「接下來的流行」這種說法，就語意上來說顯然有問題吧？雖然在時尚界似乎用得理所當然，簡直像是能夠預知未來一樣。

「小說不也有所謂的流行嗎？」

「啊～嗯，算是有吧。」

像是感動系戀愛小說風潮、異世界轉生大行其道之類的。

「提到這些時，難道沒人說過『接下來這種作品會流行』嗎？」

「……或許有。」

啊，也對。流行起頭的時期，和流行的高峰期不一樣。

「硬推也不會流行的時候就叫做不流行啦。」

「原來如此。」

如果當成時尚界行家的推薦，倒也不是不能接受。

不是預知未來，屬於預測的範疇。

把它當成占卜就好，不需要被逼著去追趕流行。若是從這種角度來看，就能輕鬆看待綾瀨同學的推薦——大概吧。

我們離開大馬路，來到通往公寓的小巷。鬧區的霓虹燈落在背後，眼前只剩點點路燈光亮。喧囂離去，更容易聽到彼此的聲音。然而不可思議的是，我們兩個都只是默默地往前走。

幾乎能擦肩的距離，近得能夠感受到彼此的體溫。沒人說話，寂靜之中只聽得到彼此的呼吸聲。

「就業啊……」

綾瀨同學看見公寓入口時脫口而出的這句話，正好和我離開打工書店時心裡所想的一樣，帶有對於未來的隱約不安。

要是有求職的行家，我還真想找來幫忙占卜一下。

打開家門，我們同聲說出：「我回來了。」

其他人還沒回來。出門上班的亞季子小姐不在是理所當然的，老爸大概也因為新年度來臨有很多事要處理，最近又變得忙碌，往往過了深夜零點才到家。

我和綾瀨同學兩個人吃晚飯、兩個人洗碗盤。

各自窩回房間預習明天的課，輪流洗澡。綾瀨同學說不用重新放熱水了，這樣很浪費，最近我們都是猜拳決定誰先洗，成了一點小小娛樂。

洗完澡後繼續用功，完畢就看點雜書。

睡前的安穩時間。

就這樣一再重複。有時——

「有空嗎？」

綾瀨同學會像這樣，隨著敲門聲來訪。

等我答應，她就會開門進來。

頭髮洗過之後的香味，順著空調的風飄來。我把椅子轉了個方向面對她。綾瀨同學手裡拿著兩個馬克杯走到桌旁，把其中一個杯子放到桌上。

「奶茶？」

「對。我想，睡前喝這個應該比咖啡好。」

「謝謝。」

我道了聲謝。她微笑著說：「不客氣。」

「欸，今天你和吉田同學在聊什麼啊？」

綾瀨同學問道。

大概是現代文課之後那次吧。

「喔，他問我是不是熬夜。」

「畢竟上課時老師點了你好幾次嘛。」

「只是發了一下呆而已啦。然後呢，我們聊到睡前做些什麼。就像這樣——」

我亮出剛剛在看的書，讓綾瀨同學看它的書背。

「我告訴吉田，我是看書。他似乎是聽音樂，跟我說了幾首流行的歌曲。」

列舉曲名之後，綾瀨同學好像全都知道。

她把其中比較喜歡的告訴我，我回答會聽聽看。接下來換成我問她。

妳和坐在隔壁的班長聊得很開心對吧？

睡覺前，像這樣說些彼此的近況，成了我們近來的習慣。

彷彿是要補足在教室和打工地點沒辦法做到的情侶互動。

明明待在同一班、明明近在咫尺——

「老實說……我覺得有點寂寞。」

綾瀨同學輕聲呢喃。

她垂下肩膀，低下頭。

「在教室的時候，我好想多和你說些話，好想更靠近你。」

「抱歉，找不到適合的機會和妳說話。」

對於我的道歉，綾瀨同學搖了搖頭，還有些濕潤的秀髮跟著左右晃動。

「畢竟，說這樣比較好的人是我。」

不想表現得太明目張膽引起周圍騷動。

「話是這麼說啦……」

但也不想過度壓抑自己的心情。我們在校外教學時已經互相確認過了。

所以要表現得自然。這點我們早已決定好——才對。

可是為什麼呢？愈是想自然，我們就愈不曉得該用怎樣的態度相處才叫自然。

綾瀨同學手裡的馬克杯在顫抖。

我不禁從椅子上站起來，摟住她纖細的身子。

綾瀨同學把頭埋進我胸口，隱約能聽到她在喊我。

「吻我。」

「嗯。」

把臉湊過去，閉起眼睛。

夾在兩人之間的馬克杯，不知不覺間已不再搖晃。
緊貼的身軀分開後，她對我道了聲晚安，隨即回自己房間。
我輕輕喘了口氣，坐回椅子上。
房門關起，耳邊只剩空調的低吟。
激烈的心跳逐漸平復。一縷殘香掠過鼻尖後消失無蹤。
——我們照這樣下去好嗎？
最適合我們的距離，究竟在哪裡呢？
我重回桌前讓視線追逐書上的文字，但是腦袋裡什麼都裝不下。

4月19日（星期一）　綾瀨沙季

黃金週快到了耶。

人家說出這句話，我才驚覺已經過了那麼久。

重新分班感覺不過是前幾天的事，卻聽到四月只剩十天左右，讓我湧起一股近似於焦慮的衝動。

騙人的吧？

時光飛逝之快令人震驚。同時，我也對升上三年級後自己周遭環境的變化感到驚訝。雖然難以置信，但是每節課之間的短暫休息時間，我居然都在女生圈子裡度過。

一年以前的我根本無法相信會有這種事。

說實在的，看到分班名單時我有點沮喪。真綾、在原班級已經能說上幾句話的女生，都沒和我同一班。

校外教學在新加坡遇上那位叫梅莉莎的女性，讓我明白我比自己想像的更在意他人目光。然後仔細一想，這也是理所當然的。正是因為在意周圍的人怎麼看，我的打扮才會成為「武裝」。

想到這裡，我就明白自己為什麼不會特別去和真綾以外的人交朋友了。因為我害怕。

害怕自己的價值觀被否定。

『如果沒有一個能隨意揮灑自我的地方，我會撐不下去。』

梅莉莎這麼告訴我。

心靈的避風港。人需要一個能夠隨自己高興的地方。

也就是一個能夠撒嬌的地方。

生父離開後，為了減少母親的負擔，我變得不太會撒嬌。對我來說，不會否定我生存方式的淺村同學，便成了這樣的地方。

所以——既然有了避難處，就算被否定也沒什麼好怕的。可以放心大膽地和別人來往——照理說該是這樣。試著和別人來往吧。反正我現在也能和真綾以外的班上同學交談了……

這些決心全都隨著升上三年級重置。

4月19日（星期一）　綾瀨沙季

而我的心情彷彿也回到了一年之前。我本來就不怎麼想用閒聊消磨時間，今年還要準備考試。乾脆專心在念書和打工上也不錯。

儘管和淺村同學在同一班，但是做出超過自然對話的行為引來班上同學的好奇目光……這樣不行。我現在還撐不住。

沒錯，現在只要過安穩的生活就好……

我的思考逐漸傾向消極。

結果，始業式以後，我過著和平穩相去甚遠的每一天。

如果還在已經有覺悟要和別人交流的那個時期，這種狀態我當然歡迎。但是我的心態已經變得消極退縮，所以在女生圈子裡總是暈頭轉向。

到底為什麼會變成這樣？

雖然原因一清二楚就是了。

「唉呀，冷靜一點。大家因為長假見不到朋友而嘆息的心情我很了解，不過可以換個方向來想！」

「喔？班長閣下有什麼好主意？」

「法律又沒規定只能在學校見面。怎樣？要不要大家一起去卡拉ＯＫ？」

周圍立刻一片贊同。

提議去卡拉ＯＫ的女生……呃，她叫什麼名字啊？這個坐在我旁邊戴著下半框眼鏡的女生，大家都暱稱她「班長」，所以我實在記不住她的名字。

唉，總而言之這位班長同學和我完全相反，社交能力很強，說不定能夠和真綾一較高下。所以即使休息時間只有短短十分鐘，依然轉眼間就一堆人圍上來。

必然地，坐在旁邊的我也跟著動彈不得。並不是因為我的社交技能有所提升。

「綾瀨同學，妳黃金週有什麼安排嗎？」

被指名的我看向發問者。

這個隨和大方的八字眉女生是佐藤涼子同學，大家都稱呼她為「小涼」或是「阿涼小姐」（雖然我沒這麼喊過就是了，感覺很不好意思）。校外教學時她、真綾和我住同一間房。

話雖如此，但二年級的時候，我們的交情還沒有好到會聊得這麼深入。

……說是這麼說，不過她最近好像常跑來找我。

呃，她剛剛問我什麼？

黃金週的安排啊。

我回答：「念書準備模擬考吧。」讓人家嚇了一跳。

需要驚訝嗎？我們明明是考生耶——就在我腦袋裡想著這些時，話題轉往奇怪的方向。

問我：「難道不會和男朋友出去玩嗎？」這是怎樣？

逃不出女生圈子的這兩週，我發現一件事。

無論一開始聊什麼，高中女生總是能在不知不覺間扯到戀愛話題，非常恐怖。現在也一樣。為什麼黃金週會扯上和戀人出去玩？出去玩啊……

「不過……出去玩又要做什麼呢？」

對於我的疑問，班長給了回答。

「這個嘛，像是約會？」

「約會……」

約會啊……這麼說來，我和淺村同學約會過嗎？話說回來，所謂的約會，到底要做些什麼才算得上啊？

「一起吃飯。」

平常就這樣。

「一起看電影。」

耶誕夜去過了。

「一起做飯啊～」

最近做晚飯時，他都會來幫忙。

「喔……呃，就這樣？」

「是這樣沒錯。怎麼，妳還想更進一步嗎，綾瀨同學？」

班長這麼一說，我才注意到自己剛剛講了什麼。該不會，我剛剛回答得像是一個約會專家？

正當我想否認時，上課鐘聲響了。

教師走了進來，原先喧鬧的教室就這樣變得一片安靜。不過，我好像能感覺到有視線在戳我。大家都在看著我竊竊私語——我不禁冒出這種被害妄想。

嗚嗚，真是失敗。

一定會讓大家胡思亂想。

佐藤同學應該只是拋出一個很普遍的話題，我卻滿腦子都在想自己和淺村同學的事。

上現代文課時，我一邊聽老師講課，一邊為了自己的失敗糾結煩惱。

我怎麼會那樣回答呢？真難為情。

下課鐘響時，我抱頭趴在桌上。明明我以前從來不會擺出這種姿勢，總是抬頭挺胸。

就是因為這樣，所以我不太會閒聊。為什麼大家都能那麼簡單地搭上話題的浪潮啊？

我將臉稍微轉了一下，偷偷瞄向自己座位的左後方。

淺村同學會怎麼看待我剛剛的醜態呢？好在意。

但是，淺村同學根本沒在看我。

他正在和某個男生聊天。

他們的音量不算大，所以聽不到內容。可是，看上去聊得很開心。

我對他的朋友圈了解得不算仔細。不過，他居然已經能和交情應該不深的男生聊得那麼輕鬆了。看見他的表現，讓我覺得很丟臉。淺村同學果然是個有社交能力的人。他在打工時也會提供顧客諮詢嘛。雖然他說他的朋友只有丸同學就是了。原來他也開始拓展新的人際關係了，真是努力啊。好羨慕。

沉且，他看起來很開心。

講是這麼講，然而最親密的淺村同學明明在附近卻不和他說話，是我自己做的決定。不過，就算沒辦法和我說話，他依舊有個能聊得那麼愉快的朋友。

而我只能像這樣趴在桌上，假裝沒聽到周圍的聲音。

「欸～綾瀨同學。欸欸。」

我稍微抬起頭，發現隔壁座位的班長特地探頭過來叫我。

「……嗯？」

「有關這裡……那個，我說耳環。」

她說「這裡」的同時，輕輕捏了一下自己的耳朵。

「啊，嗯。」

我坐起身。

——怎麼了？要我別戴什麼耳環嗎？畢竟是班長嘛。

「顏色很可愛耶，妳在哪裡買的？」

「咦？」

「妳那是什麼驚訝的表情啊？」

「啊，我還以為妳會要我把耳環拿下來。」

「咦，我們學校沒禁止吧？」

「嗯。」

水星高中雖然是升學導向，校規卻很寬鬆。儘管生活指導老師以嚴肅的口氣說：『別追求華美，要適可而止。』不過整體而言算是放任主義。要不然，染髮又戴耳環的我早就被趕出學校了。相對地，學分沒拿到就得留級，沒有轉圜餘地。

所以也有人說，我們學校的風氣比較像大學。

「所以說，妳在哪裡買的？」

我試著回想。

「好像是中央街……路邊的樣子。」

「這樣啊。眼光真好。髮飾也很可愛，是配合髮色嗎？」

「嗯。」

我好像一直在說「嗯」。

「欸，我可以加入嗎？」

新加入對話的，就是方才休息時間起話題讓我自爆的那位——佐藤同學。唉，我也知道她沒有惡意。應該說，很顯然只是我回應出了差錯。

「當然。我們剛剛在說，綾瀨同學眼光很好。」

「我懂～」

佐藤同學猛點頭。

就算只是恭維，獲得好評還是令人開心。人類是努力被誇獎會開心的生物。

「嗯。雖然今年才同班，不過我以前就知道綾瀨同學了。」

「咦？」

「一年級時我們是隔壁班喔。體育課時我找妳搭話好幾次，不記得嗎？」

我搖搖頭。

完全沒印象。

現在回想起來，我一年級時對周圍非常提防。

義務教育結束後，進了講得好聽是提倡自主自立，講得難聽是放任主義的水星高中，想著接下來要內外兼修，結果成天都在聽周圍那些沒營養的絮絮叨叨。耳環和染髮都是沒違反校規而且我覺得適合自己才弄的，不知為何卻總是聽到那些無中生有的謠言，實在令人費解。

不過，或許是當時的我戒心太重，說不定也有像班長這樣單純覺得好看的人。現在我會這麼想。

佐藤同學提到校外教學時的事。

旅行時，移動期間原則上要穿制服，不過制服外面要披什麼、在旅館內要穿什麼則是各人自由。佐藤同學將我當時的服裝和飾品記得很清楚，一件件地告訴我那個很好看、這個很可愛。

佐藤同學以那悠哉的口吻，愉快地說著她夾雜著回憶的感想。

「講這些的小涼也好可愛～」

班長抱住佐藤同學摸人家的頭。我懂她的心情。

「我……可是，我不太會打扮。」

「沒這回事啦～對吧，綾瀨同學？」

「呃……嗯。」

佐藤同學是個舉手投足都像小動物的可愛女孩。

「不過不過，我也好想有綾瀨同學那樣的眼光。」

「打扮只能靠實踐。如果纏著綾瀨同學不放，說不定她願意教喔。」

「好主意耶。」

「欸，有沒有興趣收徒弟啊？」

「呃，那個……」

「像是挑衣服之類的。」

「如果只是這樣，應該無妨。」

班長和佐藤同學又「哇～」地抱在一起。

她們倆興高采烈，我只需要曖昧地應聲、講點簡單的感想，就能讓對話成立。有種與真綾不一樣的輕鬆感。

我原本以為，和真綾交朋友已經讓我習慣了「即使興趣不一致依舊聊得起來」這回事。不過仔細一想，以前對話會不會都是靠真綾撐起來的呢？

換句話說，搞不好我是個根本不懂得怎麼聊天的人……

短暫的休息時間裡，儘管有點不自在，但我依舊勉強跟上了兩人的節奏。

今天放學之後也要打工。

打工地點當然還是淺村同學也在的書店。淺村同學先回家再騎自行車到站前，我則是直接從學校過去。

一走進店裡人家就告訴我，讀賣前輩忙著求職，暫時不會過來。

店長先生講得很像重大事件，令我十分疑惑。那個人確實能幹，不過和新年度剛開始那時候相比，顧客人數明明已經穩定下來了。

謎題的解答，就在顧客問起新書發售日而我去查詢時解開。

雜誌和新書的發售日期和平常不一樣。

集中在月底之前，比往常來得多。而且從四月底到五月初都不會進貨。

「啊，因為放假嗎……」

我輕聲嘀咕，已經站在收銀台裡的女性正職老手點點頭。

「沒有年底和中元那麼誇張就是了。」

「那麼，必須趁這週把書架空出來才行呢。」

「沒錯沒錯。綾瀨小姐也習慣這份工作了呢～了不起喔～」

「多謝誇獎。」

又被稱讚了。

今天是努力會得到讚賞的日子嗎？

「唉，所以得盡快把要退還的書裝好才行。讀賣小姐手腳俐落，要是有她在，應該很快就能空出來了。」

和圖書館那種保存也是目的之一的設施不同，在販賣新書的書店，書一直留在架上會成為占空間的呆滯存貨。

話雖如此，但並不是什麼書都會一進貨就賣光。也是有找了好久後心懷感激地買下最後一本，因此成為店內老主顧的客人——淺村同學是這麼說的。

不過他也說過，這種人很少見。

因此，該退還哪些書、該留下哪些書，就要考驗店員對於書的嗅覺或說眼光。

淺村同學進了收銀台，於是我前往賣場。

巡視店內。

確認平台的書量，注意架上有空位就要補書，如果順序亂了要重新排好，看見走來走去找東西的客人則詢問需不需要幫忙。

只有主動詢問這部分，我實在沒辦法習慣。可能因為我自己屬於不期待逛店時別人主動詢問的那一類，所以總有種「會不會變成多管閒事？」的感覺。不過就算是這樣，只要任務內容已定，我還是會開口。

讓我沒輸的——是漫無目的的閒聊。

不過我最近開始覺得，為了讓人際關係圓滑，可能很需要閒聊能力。在教室就是這樣。職場也是。

我踩著擦到發亮的地板，巡視賣場。確認架上是否出現空位的我，不知不覺間視線在商業書籍那一帶游移。可能是在意吧。《如何好好和上司對話》、《和新世代部下的溝通方法》這種標題的書似乎出了不少。是不是有很多人為職場溝通煩惱啊？

實際上，我和新來的兩個打工大學生也沒怎麼交談。有點擔心他們會不會覺得很不自在。

雖然這家書店也是我的第一份打工，但是我知道，自己腦袋裡「不想被小看」、「不想被侮辱」的想法很重。要是碰到所謂喜歡職場霸凌的上司，我有辦法好好相處嗎？一考慮起這個問題，我就覺得自己做不到。甚至有可能很快就氣到辭職。

之所以能撐下來，淺村同學這種親近又能商量的人就在這裡工作，占了很大一部分原因。另外，也多虧了經常關照我的讀賣前輩。

如果是在一個熟人也沒有的地方工作……

我實在不想和失禮的人交流。

4月19日（星期一）　綾瀨沙季

但是，倘若人家用「這是工作吧？」來質疑我，我也無話可說。

「工作啊……」

到了下班時間，換好衣服之後，我和淺村同學到辦公室打聲招呼，準備回家，卻看見不該出現的讀賣前輩。

然後聊了一會兒求職話題，她要我們趁現在多想想。

回家路上，和淺村同學同行時，我下意識地考慮起將來的工作。

我想做什麼？就「職業」的層面來看，還沒有具體的結論。

雖說目前正透過書店打工慢慢學習怎麼和別人合作，但我覺得就本質上而言，重視個人能力的世界或許比較適合我這種性格。

若要像讀賣前輩那樣從大學三年級開始求職，那麼至少得在三年之內決定好自己要做什麼。

該看成只剩三年嗎？或者該當成還有三年呢？

現在我是後者，所以這些都是毫無實感的空談。三年後的自己，我無法想像。

真要說起來，我去年還崇尚個人主義。

認同個人的意義與價值、尊重個人的自由與獨立——翻閱辭典之後，個人主義是這樣定義的。

換句話說，要重視自己的思想與獨立性。這是我的解釋。

我有我的價值觀，有該遵守的規範。這些由我自己決定。

當然完全不考慮別人大概也不行，但不願被他人左右。我一直以來是這麼想的。

然而，過了淺村同學近在咫尺卻無法交談的一天，讓此刻的我感到寂寞。無論在教室還是打工地點，我們都只有視線相交。想聽他說話，想感受他的溫暖，要不然，我甚至覺得自己腳下的地面會崩塌。

……這真的算得上個人主義者的感情嗎？

看見自家公寓的燈光時，我鬆了口氣。找到歸宿的浪子大概就是這種感覺吧。

我本來還打算上大學就離開媽媽，獨立生活的。

「就業啊……」

看見入口時呢喃的話語，融入春末晚風裡消失無蹤。

打開家門。

家裡一片安靜，因為媽媽和太一繼父都不在。

打從四月開始，一家四口在非假日一起吃飯的機會變得非常少。

太一繼父會不會忙過頭啦？希望他別搞壞身體……

我和淺村同學一起準備晚飯，然後面對面坐下吃飯。

早上趕著出門，所以只有這段晚餐時間能夠悠閒對話。為了補回今天幾乎沒能交談的份，我們聊了——雖然想聊，但是不知道為什麼，偏偏在這種時候會說不出話。

「今天的味噌湯怎樣？」

被人家問起「怎樣」明明會困擾，淺村同學卻還是老實地說出感想。

「嗯，滑菇和紅味噌湯很合，好喝。」

「那就好。」

「味噌是買的嗎？」

我點點頭。

平常是用關東最容易買到的米味噌，不過說到滑菇就是紅味噌湯，所以我特地換了一種。

「有什麼不一樣啊？」

「在大豆裡加入豆麴做的叫豆味噌。這是用豆味噌混合米味噌而成的。」

「喔？」

「麥味噌是用麥麴。米、豆、麥，味噌大多是這三種之一。紅味噌湯的發源地雖然是東海地方，不過現在關東也能取得。」

超市就買得到，必要時還有網路超市。如果用網路購物，國內的味噌愛怎麼買就怎麼買——雖然我不會去買就是了。一旦開始鑽研，我敢保證自己會做出全日本味噌湯大集合之類的傻事，因為淺村同學一定會很高興。

順帶一提，今天的湯料只有豆腐和滑菇。

豆腐切成骰子狀。也就是小立方體。如果有山芹菜我會想切碎加進去，很遺憾今天沒準備。

「滑菇的口感和吞嚥感很棒對吧？」

「咬起來很輕鬆，吞下去時也很滑順呢。」

雖然一不小心會直接溜下肚讓人有點怕就是了。

「而且很下飯。」

「這麼說來，之前我在網路上看到滑菇雜煮飯的食譜——」

於是我們聊了一會兒雜煮飯配料的話題，但這樣不對啊。該怎麼說，這種話題雖然也不錯，可是應該更……

「多謝款待。很好吃喔。」

我頓時驚醒，抬起頭才發現淺村同學合掌向我道謝。我連忙回了句：「不客氣。」不過嘛，因為晚飯是兩個人一起弄的，我吃完之後也會這麼做就是了。

不對，該怎麼講，這種搔不到癢處的感覺究竟……

吃完飯也是兩個人一起收拾。

接著我們各自回房，念一下書之後洗澡。我悠閒地泡在熱水裡，回想晚餐時的談話，還有這幾天聊的話題。

好想和淺村同學說話。這樣的心情確實很強烈。

然而仔細一想，下班之後我們通常都是一起回家。儘管如此，我卻不記得走在他身旁時有說過什麼話。走在大馬路上時或許會在意他人目光，但是轉進通往公寓的小巷之後會講個不停嗎？實際上話反而變少了。今天聽了讀賣前輩那番話之後，腦袋裡都在想就業也是原因——

不對。既然如此，拿這個當話題不就好了嗎？

晚飯時也是。這麼說來，最近媽媽和太一繼父都晚歸，回家之後應該有很多時間可以聊天才對……

「好想多和他說說話啊……」

我泡在熱水裡，脫口而出的話語碰到水面後散去。真討厭自己的笨嘴，準備的話題都沒搬出來用嘛。

洗完澡、換好衣服，我為了避免著涼而披上外套，然後走向廚房。

我煮開水，加熱牛奶，泡了奶茶。兩人份。

我一隻手拿著兩個杯子，用空出來的手敲敲淺村同學的房門。

得到回應之後，我打開門，改為雙手各拿一個杯子，走進房間。

把其中一杯放到桌上。

「欸，今天你和吉田同學在聊什麼啊？」

我開口問。

說出口我才發現，原來我想聊的是這些。

想多知道一些淺村同學的日常生活。想要和他分享今天一整天發生的事，讓他也知道我的今天。想了解他，也希望他了解我。

我從沒想過要談自己。真要說起來，我不是那種喜歡拿自己當話題的人，也不太有興趣了解他人。

如果我喜歡這些，大概會更容易理解小說登場人物的心境吧。

即使如此，和淺村同學的談話依舊停不下來。一旦順利起頭，話自然就多了。雖然要走到這一步很費工夫……和截至去年為止的我不一樣，原來我和淺村同學聊天時這麼健談，現在的我真的是我嗎？淺村同學說不定很討厭這些沒營養的話題，因為這只是單純的閒聊吧？我是不是太會向總是配合我的他撒嬌啦？

儘管覺得必須克制，我卻攔不住自己。

「在教室的時候，我好想多和你說些話，好想更靠近你。」

不小心把這種話說出口了。

因為不想被指指點點而決定在學校盡量別交談的人，分明是我自己啊。我這人真是自我中心。

淺村同學明明告訴我，要自然，不要勉強隱瞞。但是我拿捏不好這種「自然」的尺度，總是會表現出平常的自己——在意別人目光的自己，在別人面前自我克制。一旦只有兩個人，就會撒嬌過頭。

我甚至要他吻我。我在心裡覺得很丟臉。

所以說撒嬌撒得太誇張了啦。

我逃跑似的回到自己房間，躲進被窩裡。

手指滑過嘴唇，接吻的餘韻復甦，感覺臉好燙。一想起他抱住自己時的體溫，就讓我羞得在棉被裡扭來扭去。

聊得愈多、擁抱得愈多、吻得愈多。

就愈讓我覺得——還是不夠。

另一方面，腦袋裡的某個角落響起警報。

一直保護到現在的「綾瀨沙季」這個容器，好像快要壞掉了。

我在棉被裡把自己裹得像蓑蟲一樣。但是在幽暗的房間裡，我的眼睛依舊盯著看不見的牆壁另一邊。

不管怎樣，都抓不到綾瀨沙季和淺村悠太之間的適當距離。

4月19日（星期一）　綾瀨沙季

4月20日（星期二） 淺村悠太

我把自行車停在公寓停車場，用ＬＩＮＥ通知綾瀨同學我回家了。

【你回來啦。我去和繼父說一聲喔。】

看見立刻回傳的訊息，我對老爸的敬意油然而生。他今天大概提前下班了吧。

我瞄了一眼白木蓮花綻放的花圃，穿過公寓大門搭電梯到自家所在的樓層。

「希望老爸沒有勉強自己……」

這些日子都深夜零時以後才回家的老爸，今天為了做晚飯而提前下班回家。

因為從四月起我們家的做飯輪值改了。

雖然原本就是分擔，不過在綾瀨同學和亞季子小姐的好意下，由原綾瀨家母女負責的日子比較多。

原本晚飯是亞季子小姐出門上班前先做好，早飯則是綾瀨同學下廚。自從綾瀨同學開始和我一起打工之後，我們經常會在同一個時間回家，所以她往往還要費工夫把事先做好的晚飯再料理一遍。

換句話說，綾瀨同學的負擔明顯比較重。

所以我也從去年底開始幫忙。

然後老爸說：「你們差不多算是考生了。」所以從四月起做飯的輪班重新調整。

老爸表示，平日他也會輪班做晚飯。到那個年紀都還靠微波食品或外賣的人，居然說出了這種話。於是每週二變成老爸負責，平日的其他日子由亞季子小姐負責兩天，綾瀨同學和我各一天，週末則是亞季子小姐和老爸一起。

週末呢，就是亞季子小姐教老爸做飯的日子啦。

今天是第三週，也是老爸第三次一個人負責做飯。

只不過……才剛決定好，老爸的工作就變忙了。我再次感受到，工作（或念書）和家事分擔實在是難以兼顧。如果老爸真的沒辦法，由我代替或者重新安排大概會比較好吧。

4月20日（星期二）　淺村悠太

「我回來了。」

我打開家門，對屋裡喊了一聲。

老爸和綾瀨同學的回應幾乎同時傳來。

我打開通往餐廳的門，發現綾瀨同學已經就座，正用乾淨的布擦桌子。

「正巧晚飯剛弄好，先去洗手吧。」

回答「了解」之後，我把背包放回自己房間。

去了一趟洗手間後回到餐廳，熱騰騰的白飯和味噌湯都盛好了，筷子也已經擺在面前。一切都準備完畢，我能做的只剩吃飯，不得已，只好就這樣坐下。

「那就吃吧。我開動了。」

在老爸的催促下，我和綾瀨同學也跟進。

今天的菜色是……炒什錦、白飯、味噌湯。

蔬菜是常見的高麗菜、紅蘿蔔、豆芽這三種，肉是豬肉，裝在大盤子裡，把要吃的份盛到自己手邊的小碟子上。綾瀨同學的盤子裡蔬菜比較多，不曉得她是喜歡吃蔬菜還是要減肥？我也沒打算問。

「如何？」

老爸戰戰兢兢地問我們吃起來的感想。

「鹽或許可以再少一點。」

感覺比綾瀨同學平常做的鹹一點，所以我老實地把感想說出口。對於老爸來說，味道是不是和平常沒兩樣呢？疲倦的人需要鹽分，他說不定是累了。如果是這樣就讓人有點擔心。

要是這時能順便在調味方面給點適當的建議就好了，但是下廚經驗和老爸沒差多少的我想不出該怎麼講，只剩下簡短的感想。

「這樣啊……」

老爸一臉沮喪的表情。抱歉。

綾瀨同學立刻幫忙緩頰。

「很好吃喔，高麗菜也很爽口。」

「這樣啊！嗯，亞季子提過，所以我有稍微留意喔。」

「對，這樣就行了。」

「嗯嗯。要吃還有喔。」

「好的，謝謝爸爸。」

好像比得到我的稱讚更讓老爸高興。

把稱讚交給綾瀨同學或許比較好。而且她也沒忘記給建議。

「呃，以整道菜來看，嚐味道的分量只占一點點對吧？」

「嗯？是啊。」

「不過，鹽分吃下去之後會在體內累積，所以照食譜的分量放就夠了。就算嚐味道時覺得可能淡了點也不用再加，因為實際吃的量會比嚐味道時要多出好幾倍。湯之類的也是一樣。」

「確實，有時覺得湯喝起來清淡，喝到一半卻發現味道比想像中來得重，結果喝不完呢。」

對於綾瀨同學的意見，老爸點頭表示贊同。

綾瀨同學在料理方面的建議很精準，就連一旁的我聽了之後，也在腦袋一隅做筆記。

目前我和老爸若比廚藝，有在綾瀨同學做飯時幫忙的我要稍微強一點。不過，老爸會在週末得到亞季子小姐的細心指點，有可能哪天就被他追過。說不定，我能吐槽老爸廚藝的時機只有現在呢。

吃完晚飯後，綾瀨同學去洗澡。

我該怎麼辦呢？是在房間念書，還是先預習明天的課呢？

正打算回房間時，我突然想起昨天讀賣前輩說的話。那個「趁現在思考將來出路比較好」的忠告。

從事什麼職業嗎？

眼前，老爸悠哉地喝著餐後茶。

儘管給人有些糊塗的感覺，不過同一份工作他應該已經做了將近二十年才對。沒聽他提過要轉行，我也沒問過那方面的事。老爸當初是怎麼進現在這間公司工作的呢？

「老爸，我準備泡咖啡，要喝嗎？」

「喔，那就來一杯吧。」

雖然已是晚上，不過稍後的話題我希望在腦袋清醒的狀態下談，所以選咖啡。明明是晚上卻沒半句疑問就奉陪，或許老爸已經大致猜到我想和他談什麼了。

我煮了開水，拿濾杯泡了兩杯份的咖啡。用熱水暖過老爸和自己的杯子之後，這才把咖啡倒進杯裡，坐到老爸面前。

「請用。」

「謝謝。」

「老爸，這麼說來，我以前從來沒問過你的工作——」

把茶杯換成咖啡杯，正瞇起眼睛品味香氣的老爸露出「嗯？」的表情看著我。

我告訴他，大學考試將近，我開始思考將來，因此打算了解各行各業，想聽聽老爸的經歷。老爸先是一臉驚訝，隨即露出笑容。我對他的工作感興趣似乎令他很開心，於是他身子稍微前傾，開口說道：

「該從哪裡說起呢？」

「呃……真要說起來，這是老爸的第一份工作嗎？」

「如果要問『是不是同一間公司』，那的確是。雖然這年頭或許很稀奇。」

這樣啊……

「一開始就碰上能夠做一輩子的工作，你不覺得很稀奇嗎？」

「……說穿了，我根本無法想像自己工作的樣子。」

聽到我這麼回答，老爸一本正經地說：「這個嘛……我以前也是啊。」

老爸任職的公司，是總部設於都內的食品製造業（這部分我也知道）。目前老爸似乎是商品企畫部的課長。

喔？原來是課長啊——聽到我這麼說，老爸回了句：「還行啦。」雖然身為兒子直到現在才曉得自家老爸的職位好像哪裡怪怪的，但老爸是個不太在家裡談工作的人嘛。

「不過，我一開始並不是企畫。」

「這樣啊。」

「剛開始工作時我是業務喔。之前或許有稍微提過就是了。」

這麼說來，以前好像有聽過，因為當業務所以多少會留心穿著打扮之類的。

「業務聽起來很辛苦耶。」

「應該沒有不辛苦的工作就是了。畢竟我這人比較怕生嘛。」

怕生……你在講什麼啊？聽到徹底顛覆了怕生概念的老爸說出這種話，讓我忍不住吐槽。他則是回以苦笑。

不過，一個不擅言辭的人，有辦法直接向喝醉後好心看顧自己的女性提出交往要求，甚至走到結婚這一步嗎？

「沒錯沒錯，所以我祭出了當業務時練出來的推銷技巧——啊，不不不，不是這樣啦。」

老爸順口就吐槽回來。說不定他的心比我還要年輕。

「我年輕的時候，害羞內向又不會說話。雖然已經是將近三十年前的事了。」

「看不出來耶。」

「這個嘛，因為被當時的前輩狠狠操過嘛。批發商和量販店——聽到量販店你知道是什麼嗎？」

「會大量進貨，然後以低價大量販賣的店。我查到的是這樣。」

我當場用手機搜尋，詞義上大概是這種感覺。

「舉例來說，你覺得會是怎樣的店？」

「超市或百貨公司？」

老爸對我的回答點點頭。看來猜對了。

「還有呢，餐廳之類的地方也會跑，要去那邊推銷。要一家一家地拜訪、向人家低頭，告訴人家『我們這次推出了這樣的商品』之類的，請對方販賣我們家的商品。」

「喔……」

因為不太明白，我只能給個曖昧的回應。

「當然，不是拜託了人家就會立刻答應。實際上，沒成功的時候比較多，連話都不聽就趕人也很常見。你看，站前有人發傳單對不對？多數人不願意拿傳單對吧？」

「我也是不拿的那邊啊。」

「哈哈。嗯，就是這麼回事嘍。長年來貨源都固定的店也很多，要拜託這種店換用自家公司的貨相當困難喔，畢竟等於是搶人家生意嘛。就算推銷順利……應該說成功之後，還會被前貨源的業務懷恨在心。」
「哇……」
「為了展示商品，有時還得在對方的負責人面前調理給他看呢。」
「調理……咦，老爸你要下廚？」
真意外。如果是這樣，老爸的經驗不就比我豐富了嗎？
「算不上下廚啦，只是把東西加熱一下而已，用不著什麼廚藝。不過，要在大人物面前弄，會因為不敢失敗而緊張兮兮。這種日子我過了差不多十年吧。」
「相當久呢。」
我出生的時候，老爸還是業務員。
「是啊。看見架上擺著自己提案的商品時，會讓人非常開心。覺得有努力真是太好了。」
老爸感慨萬千地說道。
「這種感覺不錯耶。」
「但如果之後出了問題，怨言全都會跑來業務這邊。」
需要溝通技巧，還得細心關照合作對象，做起來相當累——老爸回想當時的情景為我解釋。

聽完之後，我覺得自己恐怕做不到。

「要一直登門兜售商品，我大概沒辦法吧。」

我不禁脫口而出。但是老爸平靜地搖搖頭。

「不對喔，悠太。硬逼人家接受不叫業務，那叫強迫推銷。」

「嗯……是嗎？或許吧。」

「推銷必須明白自家公司產品的優點和缺點。如果讓合作對象吃虧，繞了一圈之後虧的反而是將來的自家公司。相處時隱瞞缺點也不會長久，對吧？」

「要是沒有優點怎麼辦？」

「雖然也是有業務員能把賣不掉的東西推銷出去，但我不擅長做這種事，而且長遠來看應該會損及公司。此外，優點和缺點也要看從哪個角度來說。人的性格也是吧？講得好聽是慎重，講得難聽是膽小，類似這樣。」

原來如此。

「同樣的性質是優點還是缺點，會因為對象不同而有所改變？」

「沒錯沒錯，所以要找到對方認為是優點的部分。不管是物、是人，相處能不能長久，可以說都要看彼此適不適合。雖然講得太直接了……」

最後老爸的語氣帶有些許苦澀。本來應該是談商品和推銷的話題才對，說不定他腦海裡閃過了別的東西。

「在這種情況下呢，如果碰上了讓人忍不住想推薦的產品當然再好不過。這種產品推銷起來也更容易有熱情，因為這是好東西，對方一定也會受益。有這種把握的時候，我的業績也特別好。」

說到這裡，老爸喝了一口咖啡，沉默下來。

他拿一個桌上的奶精球，折下邊緣後撕開倒進杯裡，捏住湯匙輕輕攪拌。白色奶精形成漩渦。老爸喝著加了奶精的咖啡，繼續說下去：

「所以說呢，就是因為這樣，我對於製作『想推薦的商品』產生興趣。」

「啊，原來如此。所以才去商品企畫部？」

「正好那個時候，有人來問我要不要試試看。」

發現離題的老爸，頓了一下後接著說：

「換句話說呢，我認為所謂的業務，是一種和陌生人建立來往的工作。強迫推銷不會長久對吧？悠太應該也有悠太和別人交流的方式，我不覺得你做不到。我希望你選一條自己喜歡的路，但是不要輕易地拋棄選項。」

聽了這麼多之後，儘管我當下並不覺得業務也很有意思，更不認為自己適合這條路，但還是很有參考價值。畢竟平常很難和老爸聊這種話題。

我向老爸道謝，抱著自己的杯子回房間。

視線掃過攤開的書本。

沒辦法把文字當成文字，書上文章的內容完全進不了腦袋裡。回過神時，我早已把書闔上。

看向時鐘，已經過了十一點。

「睡覺吧……」

我掀開床上的被子，發現裡面那一層毛巾被落在腳邊，於是無奈地重新拉好。四月的尾聲將近，羽絨被已經收進櫃子裡，現在是一層毛巾被一層棉被，可是這兩者似乎不太合，睡著睡著裡面那一層就會滑到腳邊擠成一團。

並不是因為我的睡相很差——應該吧。

就在我準備鑽進被窩時，敲門聲輕輕響起。

我應聲之後，門開了一條縫，綾瀨同學跑來找我。連續兩天還真少見。

「有空嗎？」

「當然。」

她溜進房間裡，反手把門鎖上。

這倒讓我想起了老爸還在家裡。最近這段日子，老爸通常還要再過三十分鐘才會到家。現在就是這種時間。我注意到自己的心跳稍微加快了點。

「已經要睡了嗎？」

「嗯。」

「如果打擾到你，那就明天再說。」

「不，沒關係。怎麼啦？」

我有點擔心。

「呃，倒也沒什麼特別的理由……」

說著，她走過來往床上一坐，坐在我身旁。

「只是在想，今天也是一整天都沒什麼時間說話。」

綾瀨同學今天沒排班，所以也沒辦法一起回家，說穿了兩人相處的時間比昨天還要短。

「那麼，稍微聊聊吧。」

「嗯。」

綾瀨同學開始說起今天發生的事。我除了偶爾附和之外，也會說說自己碰上的事。話雖如此，兩個高中生也碰不到什麼大事，我頂多就是今天也和吉田稍微聊了一下。

啊，這麼說來——

「白天我久違地和新庄聊了幾句喔。」

「新庄同學？」

「剛好在合作社碰到。中庭那邊有長椅對吧？我們在那裡一邊聊一邊吃剛買的午飯。」

水星高中分成校舍和第二校舍（裡面都是像化學實驗室、調理實習室這種需要特殊器材的教室），兩者之間有個中庭，那裡放了張長椅。冬天缺乏日照又有寒風所以很冷，不過這個時期很暖和，天氣好的時候那張長椅就像咖啡廳的露天座位一樣，很多人搶著坐。今天剛好空著。

「一起吃午飯，真好。」

「不過嘛，倒也沒有聊什麼特別的話題就是了。」
「就算是這樣，還是讓我很羨慕。」
「我們晚餐好像是一起吃的？」
我和新庄只是今天碰巧一起吃午餐，和綾瀨同學則是幾乎每天都會一起吃早餐和晚餐。不過，她好像對我的回答不太滿意。
「又不是坐在一起。」
重點在這裡啊？
餐桌的座次其實沒有嚴格規定，所以我倒也不是沒有和綾瀨同學坐在一起過。但是通常下廚頻率高的綾瀨同學和亞季子小姐會坐在靠近流理台那一邊，我和老爸則是坐在另一邊。
「坐在一起，偶爾會碰到彼此的肩膀。」
「呃，沒碰到啦。」
「好羨慕。」
「是和新庄耶？」
「真好。」

「如果要肩並肩，還是妳比較好。」

「真的？」

她在質疑的同時，也用肩膀輕輕頂了我一下。

看得出來，大概是因為一整天都沒什麼時間說話，所以想要有點親密接觸吧。話雖如此，這種時候如果會錯意也會成為問題。世間情侶究竟是如何確認彼此的意願呢？

我和綾瀨同學對於所謂的默契，也就是察言觀色這方面不太擅長。儘管在巴拉灣海灘吊橋上因為相遇而欣喜，所以我們就這樣抱住彼此，但是此後我再也沒有那麼明確地感受過她的體溫。

一方面也是害怕。

於是我輕聲說道。

「可以抱妳嗎？」

我也正想這麼說——這麼說著的綾瀨同學抓著我的衣服，靠向我的胸口。由於這份重量來得出乎意料，失去平衡的我倆就這麼倒在床上。

「很危險耶。」

說出這句話的同時，我伸出手臂護住她。一方面也是不想放開感受到的溫暖。

綾瀨同學依偎在我懷裡，看不見她的表情。但是她的肩膀似乎有些顫抖。我問：

「怎麼了嗎？」她只是輕輕搖頭，什麼也沒說。不過，手上的力道強了一分。

我從她摟住的手臂上，感受到暖意。

「「好溫暖……」」

我倆同時這麼說，讓人有種奇妙的感動。啊，現在我和她是一樣的心情呢。

另一方面，我腦袋裡的某個角落卻有些許異樣感。

我想起剛見面時說了互不干涉，言行舉止總是要保持距離的她。

綾瀨沙季原來是這麼渴望親密接觸的人嗎？

還有，原來我是個有了親密對象就這麼不願意放開的人嗎？

綾瀨同學的手臂伸到我背後。

我也用雙手將她摟入懷裡。

初夏將至所以開得不強的空調，吹動了綾瀨同學的秀髮。雖說是暖風，但直接吹在剛洗過澡的身上還是不太好吧。我拉起毛巾被蓋在綾瀨同學身上，她小聲對我說謝謝。

懷裡的柔軟觸感令人安心，我們就這樣落入夢鄉。

4月20日（星期二）　綾瀨沙季

沙沙聲在耳畔迴盪。

從耳機流瀉而出的樂曲都帶了點雜訊，宛如播放自老式記錄媒體。這些聲音助人屏退雜念，令我得以專注於眼前的文章。

我邊聽低傳真嘻哈邊面對的，是月之宮女子大學的考古題。

「選擇適當的詞語……是嗎？」

應該是want和desire……的其中之一吧。

兩者大致上都是「想要」的意思，不過我記得意念比較強烈時會使用desire。一般來說want比較輕鬆偏口語，當成「需要的東西不夠了，所以想要」應該就能明白。至於desire則用在更為強烈時，還包含性方面的慾望。這麼說來，以前日本的流行音樂好像就有以這個單字為名的歌曲——這不是重點。

我仔細閱讀前後文，選擇看起來適合的單字。

然後確認手機時鐘。

下午七點三十三分。平常這個時間我應該正在做晚飯。不過今天輪到太一繼父做飯，所以我能專心念書。

之前我說過，媽媽不在的時候做飯盡可能讓我來。畢竟過去和媽媽兩人生活時只能這麼做，現在靠著「考生」這面錦旗減少次數，老實說讓我很過意不去。

而且太一繼父今天是特地為了做飯才提前下班回家，更讓我滿心歉意，然而同時我也覺得他這樣幫了大忙。自己連這點小事都無法兼顧，令我有點懊惱。

話又說回來，儘管不怎麼重要，但所謂的錦旗似乎是以染成漂亮顏色的絲綢製成，從鎌倉時代起就是官兵的象徵。有了個冠冕堂皇的理由時就會這麼說。不過嘛，日常生活應該不會特地這麼說。要不是歷史課內容有，我也不會記得這種事。雖然淺村同學平常說話不時會用上諺語或成語就是了。

他的雜學知識多了點……

「啊，不行。接下來是——」

我再度用低傳真嘻哈把多餘的雜念趕出去，然後發現自己有點渴。我拿起杯子想用紅茶潤潤喉，卻沒有半滴液體流進嘴裡。不知不覺杯子已經空了。

至此，我的集中力終於耗盡。

休息一下吧。

我離開椅子，伸個懶腰。稍微做了一下體操之後，我又回到椅子上，呆呆看著有考古題的紅本。題目來自我想報考的大學。

突然，我想起讀賣前輩昨天談到的求職話題。

於是拿起手機，試著搜尋月之宮女子大學畢業生的出路。

「月之宮女子大學　畢業後的出路……就這樣吧。」

把看起來符合的關鍵字丟進搜尋欄位按下確定後，找到大學的官方網站首頁。上面也寫了畢業後的出路。

約有兩成繼續讀研究所，兩成任教職，剩下是公務員或一般企業……嗯，大概是這種感覺。也有找到寫得更清楚的網站，儘管隨科系不同多少有些差異，不過比例大致相同。

「讀研究所的人大約一兩成啊……」

就搜尋結果來看，女生平均是百分之五到百分之六，看來比例高於其他學校。

可能那裡喜歡做學術研究的學生較多吧？腦海裡閃過校園開放日遇到的工藤副教

授。

「無法想像她在一般企業工作的模樣呢。」

呃，現在沒空去想工藤老師的事。

真要說的話，怎樣的公司才會雇用我呢？

要做哪一行嗎……

關於自己大學畢業後的出路，說真的我一點頭緒都沒有。我有想過既然要離家自立，就得進某家企業工作。可是若要工作，又該去哪裡才好呢？

公務員？還是一般企業的員工？

一般企業……又是什麼？

字面上寫一般，卻讓人完全搞不懂。我想問的不是大分類，是更具體的細節。

試著搜尋得更細一點，就找到了寫著畢業生去哪裡工作的網站。

嗯嗯。食品關連企業、資訊業、出版業、廣告代理商、外資企業的經營顧問、銀行、證券公司……有許多知名企業。一方面也是為了宣傳學校吧，不愧是知名國立大學，進入高年收企業工作的人好像還不少。

這個嘛，選擇這份工作的理由是不是收入，要問當事人才知道，不過我的確是把重點放在這裡。

那麼，研究所畢業又是怎樣呢？

這部分倒是發現了踏上專業領域的訪談。有像工藤副教授那樣留在大學走研究路線的人，有成為臨床心理師的人，有成為醫療產業工程師的人。這邊的人生路也是多樣化到令人頭暈。

欸，大家是怎麼找到這些適合自己的職業啊？

「啊，也有這種人。」

我在訪談中找到了冠上「設計師」頭銜的人。

照片是一位頭髮內側染成亮色的鮑伯頭女性。

芥子色夾克配黑毛衣，脖子戴著細緻的銀色項鍊，掛著不對稱耳環。

感覺很帥氣。

這些要去哪裡買啊？

……先把她的穿著打扮放一邊吧。

我接著往下讀，發現她在學校主修的似乎是心理學。

從心理學轉行當設計師？

看起來完全是不同領域。

一般來說，設計師應該會出身於美術相關的學校，令人意外。

真要說起來，她似乎是對日常生活壓力與色彩之間的關係感興趣，然後研究起能治癒心靈的設計，進而開始思索穿著對人造成怎樣的心理效果。

是不是「穿上中意的衣服能讓心情變好」之類的感覺啊？

然後，原本就對時尚有興趣也起了推波助瀾的效果，於是她開始自己設計服裝。訪談上是這麼寫的。

真有勇氣，居然敢踏入和自己所學不同的領域。換成是我做得到嗎？

我將自己的外表當成武裝，養成了日常確認時尚流行的習慣。

走在街上，每當見到服飾店一定會看櫥窗，也會試著將擦身而過的行人服裝從鞋子到髮型都烙印在腦中。如果見到奇特的穿搭，就會翻閱時尚雜誌，思考是參考哪種組合來的。

就像這樣，對於穿著打扮我倒是有點想法。

剛剛也是，一看見這人的照片，我就下意識地注意她的服裝和飾品怎麼搭配。

即使如此，我依舊沒將這些列入出路考量。因為我自認對於時尚方面的知識頂多比徹底的外行人好一點點。

更別說設計了。

這人到底是哪來的勇氣，讓她敢踏入相差這麼多的領域呢？

想著想著，聽到太一繼父呼喚我的名字，我這才回過神來。

似乎是晚飯好了。我看向時鐘，已經快要八點。

我應聲後打開通往餐廳的門，太一繼父已經開始把盤子擺到桌上，於是我趕緊過去幫忙。這點小事就讓我來。

盛飯時，打工結束的淺村同學正好到家。

「我開動了。」

我們三人——我、淺村同學、太一繼父一起吃晚餐。

這個家裡最大的盤子盛著加了豬肉的炒什錦，擺在桌子中央。各人面前只有白飯和味噌湯。很簡單。

大家用公筷把炒什錦分到自己手邊的小碟子（雖然現在已經不介意了，不過我剛來這個家時會避免直接用自己的筷子夾菜，太一繼父還記得）。儘管肉的分量偏少，不過這樣正好。

蔬菜是基本的三種。高麗菜的綠、紅蘿蔔的紅、豆芽的白（或者該說黃色？）讓顏色也分布得漂亮，足以勾起人的食慾。我換成自己的筷子，夾了一口蔬菜送進嘴裡。嘴裡能感受到一股暖意，這正是剛做好的優點。溫熱卻不至於燙，這點也令人開心。

高麗菜咬起來很爽口——嗯，好吃。葉菜要是炒太久會變軟，失去原本的鮮嫩。火候拿捏得恰到好處。

我在口中反覆咀嚼，然後吞下肚。

調味和我當然不一樣。鹽和胡椒……加上有點像中華料理炒什錦的是——應該是麻油吧。好像只有滴一點點。不知道是參考的食譜上面這樣寫，還是向媽媽問來的。剛做好的炒什錦非常美味。

生父從來沒像這樣為我做過飯。

「如何？」

太一繼父戰戰兢兢地問我們。

「鹽或許可以再少一點。」

淺村同學立刻老實地說出感想。

這個嘛，確實沒錯。以這次加的量來看，吃完飯時說不定會覺得口渴。不過，嚐味道時會覺得淡了點也是能夠理解。

「很好吃喔。高麗菜也很爽口。」

「這樣啊！嗯，亞季子提過，所以我有稍微留意喔。」

果然是媽媽啊。

那麼，麻油大概也是媽媽的建議吧。雖然她平常做的時候都沒放，令人意外。綾瀨家要提味時通常會用雞粉，只要加一點點就能增添味道的深度。而我喜歡滴一點蠔油。

不過，真不愧是媽媽，建議也給得很精準。

然後，鹽的量啊……

這部分感覺只能靠經驗了。

話雖如此，但是鹽分過多對健康有害。疲憊的時候就會想吃點口味重的，然而口味重的料理也會對腸胃造成負擔。

一番苦思之後，我決定試著對調味部分給一點點意見。

我想到淺村同學那直接的感想，在這種時候講得比較客氣，或許也是因為彼此沒有血緣吧。

飯後，我把碗盤拿到流理台。今天由我先洗澡。

我抱著要換的衣服進浴室，迅速把身上衣服脫掉，先稍微沖一下才泡進浴池。我浸在溫熱的水裡，有些恍惚地回想方才給太一繼父的建議。

那樣講，會不會變成像是在否定淺村同學的發言呢？與其說是否定，倒不如說是單純的補充，感覺淺村同學也不會介意這種事。雖然應該不會——但可能因為今天還是沒什麼機會和淺村同學說話吧，不知道他會怎麼想，讓我有點擔心。

「是不是太在意啦……」

我不禁嘀咕。額前的水滴落在浴池的水面上。

最近一旦開始在意，心頭那點模糊不清的芥蒂就會愈來愈大，不肯消失。即使洗完澡也一樣，無論是預習明天的課還是看時尚雜誌都進不了腦袋裡，我只好披件上衣，去敲淺村同學的門。

背後餐廳的燈已經關了，僅剩小夜燈的微光。變得黯淡的走廊上，只看得見淺村同學房間的白門切出一道長方形。

等到他回應之後，我將門開了一條細縫，溜進房間裡。

然後反手把門鎖上。儘管湧起一股瞞著父母做壞事的罪惡感，卻也都在看見眼前淺村同學的臉之後安心地散去。

可能是準備要睡了吧，淺村同學坐在床邊。

「呃，倒也沒什麼特別的理由……」

以眼神徵得同意之後，我在他身旁坐下。

試著老實說出來吧。

「只是在想，今天也是一整天都沒什麼時間說話。」

「那麼，稍微聊聊吧。」

由於淺村同學這麼說了，我就一點一滴地將今天碰上的事講給他聽。他也跟著談起今天一整天的經歷。方才晚餐時的事他好像沒放在心上，太好了。

淺村同學告訴我，他和正好在中午時分遇到的朋友新庄同學在中庭長椅那邊吃午飯。新庄同學到去年為止都還和我同班，不過今年就沒和我們同班。因為接點比去年少，我都忘了這個人，但他好像和淺村同學、丸同學交情不錯？

一起吃午飯嗎？這樣啊。

「真好。」

我不禁把腦袋裡想的說出口，於是淺村同學指出我們晚餐是一起吃的。話是這麼說沒錯。

「又不是坐在一起。」

做晚飯的日子會常在餐廳和廚房之間往來，媽媽和我坐在靠廚房那一邊的機會自然比較多。雖然週末是由媽媽做飯，而且我偶爾會體貼地讓太一繼父和媽媽坐在一起（好歹他們也是新婚夫妻），但是我和淺村同學沒坐在一起的次數意外地多。

並肩而坐。

能碰觸彼此的距離。

這很重要。好羨慕。我一這麼說，他就表示如果要肩並肩還是我比較好，所以我忍不住開玩笑地用肩膀頂了他一下。

我知道這是在撒嬌。

其實，我只是想確認他的心有沒有遠去。我正想試著在磨合一番之後提議來個擁抱，此時他卻在我耳邊說：「可以抱妳嗎？」因此我想都沒想就撲進他懷裡。

失去平衡的淺村同學倒在床上，卻還是有好好撐著以免我摔倒。他的手臂就這樣繞到背後摟住我，溫暖透過貼在一起的身軀傳來。我不禁深吸一口氣，心中的煩悶漸漸消失。一感到安心，就有股睡意來襲……

當我驚醒時，竄入眼裡的卻是窗外破曉前那片略微泛白的藍色天空——糟糕，睡著了！

察覺事情不妙的我冷汗直冒。

我仰頭看向吸頂燈的白光，再轉往側面看著身旁還在睡夢中的淺村同學。不小心在他懷裡睡著了。到底睡了多久？我扭頭看向枕邊，那裡有時鐘。05：12，剛過五點不久，已經是早上了。

我當下慌張地想離開淺村同學的懷抱，卻想到一件事。

會不會吵醒他？

我打量他的臉，發現他閉著雙眼、呼吸規律。睡得很沉。

於是我輕輕起身，繞過他的腳下床。隔著襪子能感受到地板的冰冷。空調已經停了，大概有定時吧。

我摟住自己，壓下身體的顫抖，重新為淺村同學蓋上被子後，才躡手躡腳地走向房門。

話又說回來，這完全是我的疏忽。可能分開的時間太長了吧，他身上久違的溫暖令人無比愜意，導致睡魔突然來襲。或許也和念書念到太晚有關。

要是在這種時候被別人——被父母發現怎麼辦？

幸好有鎖門。雖然父母應該不會沒事偷窺我或淺村同學的房間，然而「他們會不會發現我們倆待在同一個房間裡？」的不安還是令人心跳加速。

我把耳朵貼在門上，確認走廊上完全沒有聲音後靜靜開門。

鉸鏈發出小小的「嘰」一聲，讓我心臟猛然跳了一下。

應、應該沒問題吧？

左右觀察。很好，走廊上一個人也沒有。

我鬆了口氣，打算回自己房間。這時候我才注意到口渴，可能是太緊張了吧……

不，不對，是因為剛睡醒，身體想要水分。

冰箱應該有麥茶？

我走向廚房。

打開通往起居室和餐廳的門，發現門的另一邊——

「唉呀，這種時間還真稀奇呢。」

「媽——」

我差點叫出聲來。

媽媽坐在椅子上看著我。

「嗯？」

「啊，嗯。因為不小心睡著了，或許是因為這樣才提前醒來。」

媽媽還是一副剛下班回來的模樣。口紅也還沒卸掉。

也就是說，該不會……

「剛剛才回來？」

「是啊。」

已經過五點，首班車都開了。就算是晚歸也未免太晚了吧？

「平常都是這種時間嗎？」

「今天已經算早了。等到大家都離開以後才回來的次數也不少。」

一問之下才曉得，今天是店長說不用處理明天的進貨，可以先回家，所以媽媽才提前回來。週二週三是客人少的日子，比較沒那麼忙。

「原來這麼晚啊……」

「沙季還小的時候，我至少會趕在早餐之前回家。」

我不忍心看媽媽那麼忙碌而幫忙做飯，是從小學五年級開始。某次家政課時蒸了馬鈴薯，我還記得老師當時誇獎我動作很俐落。這是有理由的，因為就在學校家政課開始下廚的不久之前，媽媽剛好教過我。

不過，這成了開端。人若是得到讚賞，就會有「做得到」的自信。於是我對於廚藝有了自信，開始想幫媽媽的忙。

國中起需要帶便當，我不想讓忙碌的媽媽費心力準備便當，所以在入學之前就練習到能做出簡單的料理。雖然媽媽終究沒讓小學生碰油炸。

即使如此，剛上國中時媽媽依舊會幫我做早餐，也會為我準備便當。儘管當時她和我生父剛離婚，正是生活最艱困的時期。

「不過，這樣沒問題嗎？會不會弄壞身體？」

「現在想休息的時候可以休息啦。」

因為有太一繼父在。她之前也這麼說過。

不過，太一繼父這段時間也都是深夜才到家。

「為什麼要工作得那麼忙呢？」

在我看來，深夜工作……不，光是工作就已經很辛苦了，所以我才這麼問。不過媽媽的回答是——

「沒有妳說的**那麼忙**呀？」

「可是妳這種時間才回家。」

「因為我上班晚，以勞動時間來說這樣很普通，晚上班所以晚下班。不過還有深夜加給，沒妳想的那麼黑心啦。」

媽媽若無其事地這麼回答。

但我聽說即使純粹的勞動時間一樣長，深夜工作依舊很耗體力。我的「辛苦」在媽媽看來似乎是「普通」，「工作非得這樣消耗自己的身體和時間不可嗎？」的言外之意她好像沒聽出來。

「而且，接下來我就要悠哉地喝杯紅茶、悠哉地洗個澡，然後好好睡一覺。」

太一繼父和媽媽，在我看來都是工作狂。

「別勉強自己喔。」

「謝謝，我會注意。」

「嗯。呃，紅茶對吧？」

「啊，我自己會泡啦。」

「反正我已經醒了，一時之間也沒什麼睡意。坐著吧。」

聽到我這麼說，媽媽默默地坐回餐廳的椅子上。

我打開快煮壺的電源，利用煮開水的時間準備茶葉。

說是這麼說，不過這種時間從櫃子裡翻找東西感覺會弄出很大的聲音，所以我決定用能夠簡單搞定的茶包，當然是無咖啡因的。快煮壺「喀嘰」一聲跳了。我把煮好的熱水倒進放了茶包的杯子裡。

「糖要多少？」

「待會兒要睡覺，所以這樣就好。」

她在說「這樣」的同時舉起茶杯。

我也效法媽媽不加糖。然後坐到媽媽對面。

拿起茶杯，湊到面前。

和水汽一同飄起的紅茶香鑽入鼻中。

「很香吧？」

聽到這句話，我抬起頭，發現媽媽也用一樣的姿勢享受香氣。

或者該說，我的動作多半是從小到大看著媽媽而被她傳染的。我突然發現——除了拿筷子的方式之外，就連猶豫時的動作，還有像這樣拿起茶杯時手肘會撐在桌上——這些小地方都和媽媽一樣。這也就表示，媽媽對我影響很深。

但是，我對媽媽的工作一無所知。

「欸，媽媽。」

聽到我的聲音，媽媽放下紅茶抬起頭。

她用「什麼事？」的表情看著我。

腦袋裡那個模糊的「工作」該怎麼問才好，讓我煩惱了一會兒，最後我決定直接一點。

「調酒師是不是很辛苦？為什麼妳能一直做到現在？」

「我覺得沒有工作不辛苦就是了……」

說到這裡，媽媽垂下目光，就像要在杯子裡尋找答案一樣。然後她抬起頭。

「在大家睡覺的時間工作——這樣的工作我想不止調酒師。江戶時代怎樣姑且不談，現代的城市可是二十四小時都在運作對吧？」

「像是便利商店嗎？」

我覺得這個答案太過單純，實際上也不出所料，媽媽聽到後輕輕一笑。

「不止喔。好比說，這杯紅茶也是。」

她拿起茶杯。

「我們煮開水，在有燈光的地方喝茶。水和電都不會因為是晚上而無法使用。有人為大家顧著，讓我們不會斷水斷電。正因為有人在晚上工作，我們才能放心地像這樣開燈煮開水喝茶。」

「這……確實沒錯。」

「有人在晚上開著電車、汽車，為大家送貨；有人在晚上看顧倉庫或大樓；有人在晚上修護道路、鐵路，所以我們的生活才能維持。」

在絕大多數人都已入睡的城市，有些沒睡覺的人辛勤工作。

以比例來說確實不多。不過，這個社會的公共建設就是因為有這些人在工作才能成立。

「妳可能不記得了。妳兩歲的時候，曾經半夜發燒。」

「咦？我不知道耶。」

我是真的很驚訝，但是媽媽無奈地表示：「這是理所當然的吧。」

「妳當時才兩歲喔？要是記得就厲害了。然後呢，我當時也是第一次養小孩，慌慌張張地找半夜能看診的醫生。」

媽媽說，儘管開車過去用不了多少時間，不過抵達時燒已經退了，她還向出來迎接的醫生道歉。即使如此，當時那位醫生臉上依舊沒有半點怨氣。

「那個時候，那個人也一起慌慌張張，還陪在旁邊呢……」

媽媽喝了一口紅茶後皺起眉頭，彷彿茶很苦一樣。

「原來是這樣啊……」

「不過呢，生活步調不一樣的工作很麻煩喔。過著日夜顛倒的生活，荷爾蒙容易失調，身體狀況總是不太理想。生理周期也會亂掉。」

「啊，果然還是會有這種狀況嗎？」

「所以嚴禁熬夜。妳也不能念書念太晚喔。」

「……一般來說，不是會要考生用功一點嗎？」

「要是弄壞身體，好不容易培養出來的實力恐怕就沒辦法發揮了吧？我覺得這樣妳會比較困擾耶？」

一點也不錯……

媽媽笑了笑，接著說下去。

「還有呢，我工作那家店附近，恐怕不能說是什麼治安良好的地區。雖然也沒到很糟就是了。」

媽媽工作的店，位於澀谷鬧區一角。要從大路轉進巷子深處，所以好像算不上能夠讓人放心的地帶。

那裡似乎會有醉漢大打出手，偶爾還會有人碰上扒手小偷。走路數分鐘可到的俱樂部，會有警察為了逮捕吸毒犯而找上門……據說發生過這種事。

我不禁皺起眉頭。感覺有點恐怖。

雖說位於那種地帶，不過媽媽工作的店是間普通酒吧，媽媽是店裡的調酒師。

「話說回來，沙季知道調酒師是怎樣的工作嗎？」

「雖然只在電影之類的地方見過……是站在吧台內拿酒出來的人？」

聽到我這麼說，媽媽回以苦笑。

「這個嘛，大致上沒錯。工作內容基本上是應付客人，還有調製雞尾酒。」

好像有在電影或其他影片上見過這種情景。

我就在媽媽眼前，用雙手握住罐子上下搖晃。

「這樣啦，這樣。」

說著，媽媽就以熟練的動作搖空氣給我看。儘管說不出哪裡不一樣，但是看得出來不一樣。我只是單純上下搖晃，媽媽除了手臂本身有動之外，還會甩動手腕讓罐子前端劃出弧線。

「感覺好難。」

「這個嘛，要是沒經驗的人能輕易模仿，可就當不成工作啦。由於不能每次都看著雞尾酒的配方調，所以必須背下其中一些，還得記住雪克杯等各種道具的用法。」

「要記住的東西好多啊。」

「什麼工作都要記住工具的用法吧？」

「像上班族那樣的工作也要？」

「我不會用電腦喔。」

「我知道。」

就連手機的行程規劃軟體，都要我教了之後媽媽才會用。

「妳可以想成餐廳要做的事酒吧也全都要做。接待、侍應、會計、庫存管理……不過，沙季妳打工也是除了侍應之外全都有吧？」

「啊，嗯。」

確實沒錯。接待、會計、書架整理都有。由於工作不滿一年，所以沒處理過訂書一類的工作就是了。這麼說來，有聽過讀賣前輩也會負責「什麼書要幾本」之類的工作，偶爾還會詢問淺村同學類似「你覺得這個進幾本好？」的問題。我覺得能回答具體數字的淺村同學也很厲害。

下訂的書量進來，趕在退書期限之前賣光時，兩人會擺出勝利姿勢。沒辦法加入讓人有點不甘心。

「嗯，工作內容大概就是這種感覺。」

「辛苦的地方呢？」

「需要費心的還是接待吧。一來會希望讓客人有『來這裡真好』的感覺，二來若要讓人家變成常客也需要給人這種感覺。不過呢……」

說到這裡，媽媽雙肘抵在桌上，兩手撐著下巴嘆了口氣。

「碰上明明不是**那種店**卻想要性騷擾我的客人，還得在不惹對方生氣的情況下應付過去時，就會讓我覺得很無奈。」

「性騷擾……」

「唉，倘若只是嘴巴上占點便宜，如今我也不會放在心上——不過呢，偶爾～還是會有那種想亂摸或做其他事的人。」

光是聽到就令人火大。

「踹他一腳或是叫警察。」

光是聽到有人敢亂摸媽媽，就讓我想拿碎冰椎在他們手上開個洞。竟敢亂來。

然而媽媽苦笑之後，卻說她倒是不願意這麼做。

「不是做不到，而是不願意。」

紅茶不知不覺間已經涼了。

雙手捧著杯子的我，啜飲剩下的琥珀色液體。

我想我現在應該一臉不高興吧。

媽媽說：「謝謝妳為我生氣。」

「不過呢，我並不覺得……人類這種生物有多高尚。」

媽媽用了個相當不得了的詞。

「高、高尚？」

「是啊。」

媽媽看著天花板，思考該怎麼說。

「聰明？機靈？什麼都行。當然，我可沒說人類是種很糟糕的生物喔，只不過沒優秀到什麼情況下都值得期待罷了。」

「呃……」

——這是什麼意思？

「所以說，人類的內在基本上很愚蠢，但是這個社會往往期待所有人都能活得理性、活得堂堂正正。」

「要是每個人都想過失去理性的生活就麻煩了嘛。」

我希望不會變成這樣。我想生活在一個晚上有水用也可以煮開水的社會。

「我覺得只靠理性是沒辦法活下去的，畢竟人也是動物。所以，如果不找個地方解放、抒發愚蠢的自己，壓抑就會愈來愈嚴重，造成愈來愈多的不幸。」

壓力太大可能會導致——家庭關係惡化、在職場鬧事，是指這一類吧？

「但是，沒得到許可就亂摸，與其說是動物，不如說是禽獸。」

「這就各人看法不同嘍。」

說著她再度苦笑。

然後媽媽又說，能夠「漂亮地安撫」那些放縱過度的客人，讓她有點自豪。

要如何抒解為了維持社會性而產生的壓力，方法因人而異。有人會去卡拉ＯＫ熱唱、有人會在虛擬遊戲裡對別人瘋狂開槍，有人會透過運動揮灑汗水，有人則會對家人訴苦——

也有人靠喝酒。

來酒吧喝酒的客人也分很多種。有人始終理性品嚐酒的滋味，也有人「為了喝醉而來」。酒吧是為了所有喝酒的人而開——媽媽說她是這麼想的。

「當然，這是我個人的價值觀。」

「嗯～我不太能接受耶。」

「要看每家店的方針嘍。一勾上來就把人趕出去的店也不是沒有。」

「這種店我比較能放心。」

「不過妳試著想一想，沙季，一個客人如果能在酒吧耍蠢，或許回到家便不會對家人洩憤。能夠維繫一個家庭的感情——從這種角度來想，是不是就覺得這份工作很有價值了？」

維繫家庭的感情——

「可能吧……」

我明白媽媽的意思，但我還是有自己的看法。

諷刺的是，因為開始做這份能維繫其他家庭感情的調酒師工作，使得媽媽和我的生父分開了。

不……剛好相反也說不定。

或許正因為發生過**那種事**，才讓媽媽找到了現在這份工作的價值。

媽媽拿著裝了紅茶的杯子。在我面前溫柔一笑。

從她的表情裡沒看見逞強。我想現在這份工作是真的讓媽媽感到很充實。

「不過，接待要做到這麼細膩或說微妙或說麻煩……很難吧？」

我一再更換形容詞讓媽媽笑了。

「沙季的真心話是最後一個對吧？」

因為我討厭醉鬼。

「呵呵。當然，不能說簡單。如果沒有順利應付過去，讓人家越過了那條不能跨越的界線，到頭來客人會有麻煩、我也會有麻煩、店也會有麻煩，大家都沒有好處。不過……」

媽媽豎起一根手指，語重心長地說道：

「碰上太放縱的客人與其把他趕出去，倒不如控制在當事人有壓抑得到抒解的感覺，卻不至於犯下致命錯誤的程度……對於在這方面的進步與實踐，我算是有些自豪。」

也就是說，無論上門的是哪種客人，媽媽都願意應對。

「雖然工作內容主要是調製雞尾酒提供給客人，不過接待比較有成就感。」

媽媽下了這樣的結論。

「我覺得我做不到。」

光是聽就覺得精神疲倦。

「唉呀，高中時的我也不知道我適合現在這份工作嘛。」

從椅子上站起身的媽媽，把自己喝乾的杯子和我的空杯一起拿去流理台。把我的杯子拿走之前，她也沒忘記先問：「可以了吧？」我反射性地點頭，然後才發現自己的杯子已經空了。

換句話說，媽媽觀察我的杯子比我本人還要仔細。唔唔。

「不用急。」

媽媽一邊沖洗杯子一邊說道。

「實際上，自己適合做什麼，往往自己也不清楚。」

「是……這樣嗎？」

「是啊。自己覺得沒什麼大不了的事，對於別人來說卻很困難——這種像天職的事，其實不少見吧？」

「真的是這樣嗎？我想不到自己擅長什麼耶。」

我從來不覺得自己具備什麼特別的才能。正因如此，我才認為至少要把學校的課業顧好。

「不見得要與生俱來的才能，自己做著做著就培養出來的也可以喔？現在回想起來，以前朋友有事常來找我諮商呢。可能我是那種人家願意找我說話的類型吧？」

我想也是。

光是看見媽媽的溫和笑容，就能理解為什麼會這樣。

「雖然我以前沒意識過這點，不過總覺得我從那時起就一直在做一樣的事。」

諮商啊……

「沙季也幫過朋友一兩個忙吧？」

真要說起來，算得上朋友的除了真綾之外，我一下還想不起來有誰。

唉，我也知道自己不擅交際。一年級時的我認為，與其把心力花在複雜的人際關係上，還不如別碰。希望我連那些沒說出口的都搞懂，實在要求太多。像真綾那樣會老實地把自己的要求說出口，拒絕以後又不會追究，實在是難能可貴。

所以，有段時間我和真綾以外的朋友全部斷絕往來。最近又增加都是因為受到淺村同學的影響……

真綾那樣的人就叫做社交能力強吧？

慢著。事到如今我才發現一個問題——那我原本打算去哪裡工作賺錢呢？

媽媽剛剛才提過。

——接待、侍應、會計、庫存管理……不過，沙季妳打工也是除了侍應之外全都有吧？

在書店打工過就知道，的確是這樣。一個會直接把和朋友相處當成壓力的人，有辦法接待客人嗎？

愈想愈覺得做不到。

媽媽將洗好的杯子放進瀝水籃，同時又重複了一次：

「不用急。」

「嗯……」

向往寢室移動的媽媽道晚安之後，我回到自己房間。

對別人來說困難，對自己卻很簡單的事。

真的有嗎？

我一點一點地回想最近發生的事，卻毫無頭緒。為現代文考試所苦時，我是找淺村同學。校外教學見不到淺村同學而感到無聊時，在背後推我一把的是真綾。

如果是淺村同學或真綾，應該就很擅長接待客人。

我真是沒用。能幫上忙的地方，頂多只有在店裡幫淺村同學搭配衣服那時吧。雖然他對我讚譽有加，但我只是從常見款裡挑出適合他的衣服，不值得自豪。

離早餐時間還有多久呢？我拿起連接充電器的手機。

從全黑的待機畫面回到一般模式後，先前搜尋過的網路報導映入眼裡——從月之宮女子大學研究所轉往設計師的畢業生訪談。

剛剛我就在想，自己對時尚的知識頂多比徹底的外行人好上一點點，更別說什麼設計。就算現在開始鑽研服裝或繪畫，我也不認為自己趕得上。

即使如此——

好比說，幫忙為淺村同學那樣的人選衣服——有沒有什麼職業可以做這樣的工作呢？

「就業啊……」

從窗簾縫隙能隱約窺見藍天。

一線曙光從細縫照進室內。

4月20日（星期二）　綾瀨沙季

4月21日（星期三）　淺村悠太

感覺到光亮，於是我微微睜開眼睛。

窗簾縫隙的另一邊，太陽已經從大樓之間露臉。

「…………！」

糟糕。

昨晚的記憶浮上心頭。

為抓著我的綾瀨同學蓋上毛巾被，然後抱著她直到冷靜下來，這些我都記得。她就這樣逐漸變得安靜，我也在感受她的溫暖與呼吸時遭到睡魔侵襲。

就在家裡。明明老爸和亞季子小姐都在。

要是幼稚園年紀的兄妹或許還有可能這樣，但是已經上了高中的兄妹還相擁度過一晚，在現代日本若非雪山遇難恐怕沒什麼機會發生。如果兄妹感情特別好說不定……這不是重點，真要說起來我和綾瀨同學也不是親兄妹。

換句話說，就只是一對互相喜歡的男女。呃，慢著。親兄妹才叫做大問題吧？兄妹戀倫理什麼的會很麻煩。

……綾瀨同學去哪裡了？

沒看見本來該睡在旁邊的身影。她應該是比我先醒來，然後離開房間了吧？

我連忙起身，蓋在身上的被子自肩頭滑落。

被子？我低頭看著落在腰間的布，試圖回想。我拉到她肩上的只有一條夏季用的毛巾被。空調已經停了，天剛亮的房間溫度應該相當低。這條被子恐怕是綾瀨同學為我蓋的吧。

拿起這條柔軟的布，上頭已經沒有餘溫。而這麼做反倒令人想起先前近在咫尺的溫暖，使得我臉頰發燙。沒想到我居然就那樣睡著了。不過，當時懷中嬌軀帶來的溫暖讓人無比愜意。正因這樣才會害怕失去。彷彿只要稍微動一下就會消失，我連扭動身子都做不到。

就像愛貓人沒辦法叫醒在自己腿上睡著的貓一樣——不對。

居然連睡衣都沒換就睡著了。我苦著一張臉看向皺巴巴的衣服，然後打量陰暗的房間。

她果然不在。

我打開燈並起身，檢查房門。沒上鎖。她大概是先醒來後離開房間了吧。進來時綾瀨同學有反手鎖門，應該沒被老爸或亞季子小姐看見。不過就算是這樣，我仍舊太疏忽了。

確認一下時間，已經早上七點，要是睡回籠覺一定會遲到。只能起床了。

一想到待會兒看見老爸及綾瀨同學（亞季子小姐大概在睡覺）有多尷尬，就讓我不太想邁步，但也由不得我。

我做好心理準備，走出房間。

先去洗手間洗把臉。以水潑在臉上帶來的冰冷，抹去心底的焦躁。

「呼……」

我重重吐了口氣，走向餐廳。

一開門就見到綾瀨同學，還跟回過頭的她對上眼。

咻！

綾瀨同學迅速別開目光。

速度快得不自然。雖然我也同時這麼做，所以沒辦法對她的不自然多說什麼。

她已經換好制服，外面套了圍裙。人家都已經起床甚至幫忙準備早餐了，我卻在房裡睡大覺，實在是過意不去——我甚至因此感到心虛。

我一邊避開那張臉一邊打招呼。心臟過度反應，明明想保持冷靜卻小鹿亂撞。

「早安……」

「嗯，早安。」

綾瀨同學的回答也有些僵硬。

我瞄了坐在餐桌前的老爸一眼。他拿著平板，大概是在看新聞吧，連頭都沒抬。什麼嘛。這讓我有點洩氣。

我向著坐下時已經擺好的早餐合掌。今天是煎鮭魚配上烤海苔和蘿蔔泥，有種「這就叫日式早餐」的感覺。

飯碗「咚」一聲擺到我眼前。白米飯熱氣騰騰。每一粒米飯都帶有光澤，看起來好好吃。

「來，請用。」

綾瀨同學一邊脫掉圍裙一邊說道。

「謝謝。」

我們一瞬間對上眼，然後不約而同地別開目光，好尷尬。

「我開動了……」

「嗯，怎麼了嗎？」

老爸看著我。

「沒有啊。」

「因為很安靜嘛。感覺你會遲到耶，沒問題嗎？」

「雖然很趕，不過沒問題。」

「如果趕時間，吃完可以直接出門喔。今天是晚點上班也行的日子，可以交給我來洗。」

「沒關係沒關係。」

我用筷子分出一小塊煎鮭魚，滴了醬油之後放到飯上，就這樣用筷子把米飯和鮭魚一起撥進嘴裡。鮭魚煎得恰到好處而不會太乾，口感鬆軟的米飯嚼起來也很省力。魚肉搭配白飯和醬油成了無上美味，但今天的時間不夠我好好品嚐。細嚼慢嚥可以減輕腸胃負擔，對健康有益，但如果不在五分鐘內吃完會遲到。

這種時候，也只能暫且不顧健康吃快一點。

綾瀨同學抓起書包轉身。

「那麼，我先走一步。」

綾瀨同學的背影消失在門口。老爸對她說：「路上小心。」我趕緊跟上。

「路上小心！」

「悠太，不吞下去再說話很沒禮貌喔。」

「啊，嗯。」

我知道。但是送行的問候我還是想說出口。家門關上的聲音響起，我則是繼續吃早飯。

「我說啊，悠太。」

「……唔，嗯？」

聽到老爸壓低聲音，我的心臟猛然跳了一下。

「不要念書念太晚。弄壞身體就沒意義嘍。」

「原來是這個啊。」

「咦？」

「啊，不。我沒有念到那麼晚啦。」

「是嗎？那就好。」

抱歉，老爸，真要說起來我不是晚睡而是早睡，也不是念書念太晚而是不小心抱著綾瀨同學睡著了——試著把實際情況化為言詞，不知怎地有種背德感。

但是，我不能在綾瀨同學不知情的狀況下，擅自把我們之間的事向老爸坦白。就算遲早要說出口，也得先和綾瀨同學談過。

……只有這樣嗎？

要向老爸和亞季子小姐坦白我們的事。想到這裡，我除了緊張之外還有種心虛的感覺。

不，該說是心虛——

還是該說我對於就這樣坦白一切感到畏縮呢？

啊，不妙，該出門了。

「我吃飽了！」

我連忙把餐具收拾好，然後衝出家門。

騎自行車衝往學校的途中，我聞到花香。雖然我沒空思考是什麼花的香味。

這是個春天已邁入尾聲的早晨。

上課時——

我回想早上的事。

看來勉強瞞過去了。我和綾瀨同學做出親兄妹應該不會做的事。雖然鬆一口氣是不假，另一方面卻也覺得錯過了機會。

如果不是兄妹，而是一般的高中情侶，這種行為應該不足為奇……雖然不是什麼需要公開的事。

而且，對於坦白，我有種近似於畏縮的感覺。

為了找出那種感覺的真面目，我左思右想，因此上午的課都沒聽進去，轉眼間就到了午休時間。

「淺村～」

有人叫我，於是我抬起頭。

「吉田？」

「你在發什麼呆啊？喂，午飯要不要去餐廳吃？」

學校餐廳啊。平常我都是去合作社買麵包打發，不過今天早上沒時間好好吃，中午只吃麵包或許不夠。

「好主意。」

我從書包裡拿出錢包，站起身來。

走出教室前，我往綾瀨同學那邊瞄了一眼。綾瀨同學和班長還是老樣子被女生圍住。她們就這樣併桌湊成一團。

最近她們好像經常那樣一起吃飯。雖然不清楚她二年級時的狀況，不過大概猜得到，不是和我一樣一個人吃就是多加一個奈良坂同學。

升上三年級之後，她周圍的環境似乎變得不太一樣。

至於我——又是怎樣呢？

我緊跟在不知為何走得很快的吉田背後，同時試著分析早上面對老爸時感受到的畏縮。不過，腦袋一直在空轉，無法釐清自己的感覺。如果丸和我同班，這種時候他就會表示關心，並且若無其事地提供建議……不過，說穿了這是我自己的問題，不該以別人主動關心為前提來思考吧。必須自己找出問題把它解決掉才行——

「到嘍。」

「啊，嗯。」

我從沉思中回神。

這時吉田正好把手機塞回口袋。

「嗯？電話？」

「不，單純是收到訊息啦。沒事。」

說著，他把門拉開。

水星高中的學生餐廳，和泳池旁那一連串運動社團的社辦相鄰。餐廳裡意外地寬敞，能坐六個人的桌子在十張以上，換句話說，裝得下兩、三間教室的人。但因為種類少，所以一般學生不太會來。不過運動社團的強者們倒是會像飢餓的老虎一樣盯著這裡——丸曾經這麼說過。

內部裝潢很像立食蕎麥麵店。先在入口旁的餐券販賣機選好要吃的餐點，再拿著餐券去正面的出餐口排隊。

來這裡排隊的人，大多是一看就像是運動社團成員的壯漢。

「只看分量的話，這裡很夠。」

「是啊。」

「味道嘛，還行啦。」

聽到吉田誠實的感想，我苦笑著說道：

「我正好肚子餓，值得慶幸。」

吉田選了豬排蓋飯，我點了竹輪天婦羅烏龍麵。量確實夠多。還附送大量天婦羅花。

我端著托盤東張西望，尋找空位。

「淺村，這邊。」

「嗯？」

不知為何吉田一直線往某張桌子走去。

吉田繞到桌子另一邊坐下，我納悶地坐在他對面。

然後，坐在斜前方的女生對我低下頭。

「之前多謝你幫忙。」

——嗯？

這聲音有印象，於是我抬起頭。雖然剛剛那句話怎麼聽都是對我說的，但是我不記得有認識什麼女生……啊，這個人——

「不，我沒做什麼。吉田出的力比較多。」

「這倒是沒錯。」

「居然自己講啊？」

吐槽吉田之後，我轉向對我說話的女生。

記得這個把頭髮綁成公主頭的圓臉女生是——

「牧原同學嗎？」

「你還記得啊。對，我是牧原。校外教學時承蒙關照了。」

是校外教學時差點中暑的女生。當時我和吉田作陪，把她送回下榻的旅館。她是個皮膚白皙如陶器的苗條女孩，聽說身體不是很好。

「那個，是因為由香說想找機會正式向淺村道謝啦。」

……由香？

「啊～原來如此。」

到這個地步，連我也猜得出來嘍。

也就是說，他們從一開始就約在這裡。進來之前摸手機，大概是要告訴人家我們已經到了吧。

「淺村同學，你喝茶嗎？」

「咦？」

「我去倒。吉田同學的也一起。」

仔細一看，牧原同學的托盤上有個裝了八分滿的塑膠杯，顏色看起來是焙茶。

「啊，我自己來就好，沒關係。」

「只是去拿餐廳免費提供的茶，算不上什麼謝禮。畢竟我給你添了麻煩，至少這點小事讓我來。」

「唉呀，既然人家要道謝，你就乖乖接受啦。」

「總覺得不太好意思讓妳費心……」

「這點小事沒關係。」

說著，牧原同學輕輕一笑，起身走向茶飲機。

「真有禮貌啊。」

「對吧？我也這麼覺得。」

校外教學到現在都過兩個月了，這人還真是老實。

「不過啊，吉田，要是我沒答應和你來餐廳，你打算怎麼辦？」

平常都去合作社打發的我之所以陪吉田過來，純粹是因為早飯沒好好吃，換句話說

就是偶然。

「到時候我就能和由香兩個人吃午飯，沒問題。」

「啊……我該不會打擾你們了？」

「沒有沒有。」

「你們在聊什麼啊？」

回來的牧原同學「咚咚」地把茶杯放到我和吉田的托盤上。

我和吉田一邊道謝一邊敷衍過去。

不過，這兩個人什麼時候感情好到會一起吃飯啊？儘管腦袋裡有這樣的疑問，我依舊邊吃飯邊和他們聊校外教學的回憶。唉，相處和睦即是美嘛。

早一步吃完飯的我，向兩人表示要先離開後起身。我想我不在場，他們應該能聊得更開心。

我把碗盤送到回收區，走出餐廳。

來到陽光下，我瞇起眼睛。四月到了下旬，太陽也開始拿出真本事了。

雖然不至於把皮膚烤焦，天空卻藍得刺眼，我只得快快躲進校舍。在通往教室的路上，我一直在思考，看見吉田和牧原同學要好地坐在一起吃午飯，讓人有點羨慕。

我有喜歡綾瀨同學的自覺，綾瀨同學也說她喜歡我。

經過校外教學，我們決定不再勉強壓抑自己的心情，決定盡可能自然地相處。

可是，實際上又是如何呢？

即使已經互相告白、接吻——甚至能夠相擁到入睡，卻連一起吃飯都做不到，這是什麼狀況？為什麼會變成這樣？

在學校連好好說句話都做不到，感覺很寂寞，因此回家一有獨處機會就忍不住想要碰觸彼此。

這樣算得上自然嗎？

我走進教室，正好和跟著一群女生出去的綾瀨同學擦身而過，也不知道她們要去哪裡。我們的目光瞬間交會，但是很快就不約而同地別開——

這一天，我們在學校依舊什麼話都沒說就到了放學時間。

傍晚了，今天也要在書店打工。

我和綾瀨同學雖然排班時段一樣，卻依舊沒交談。接待客人時不能閒聊，更不可能有親密接觸。

4月21日（星期三）　淺村悠太

在狹窄的收銀台裡，距離近到能讓彼此的肩膀相碰。但是一個人忙著包書套時，另一個人要敲收銀機確定金額並找錢，這種狀況下，根本沒空意識到對方的存在。

距離明明很近，卻讓我覺得綾瀨同學好遙遠。

休息時，我在辦公室一個人喝著茶飲機泡的茶，回想中午和吉田的互動。

看見他們在眼前聊得開心，讓我很羨慕。

這和昨天綾瀨同學所說的是不是一樣呢？

『一起吃午飯，真好。』

沒錯，綾瀨同學也說過，她很羨慕我和新庄一起吃飯。這樣的心情，我好像總算能體會了。

不過，我同時也在想——

今天早上相擁入眠沒穿幫，讓我鬆了口氣。當時我面對老爸覺得尷尬。為什麼我會想對父母隱瞞我們的關係呢？明明只要向他們坦白，就可以光明正大有些高中男女之間的自然接觸了。

老爸或亞季子小姐反對的可能性當然也有。儘管兄妹之間沒有血緣在法律上不成問題，家人無法認同這種關係的可能性終究不是零。

這個嘛——雖然老爸看起來不是這種人。

就算惹他們生氣、遭到他們反對，我也不想對自己喜歡綾瀨同學的心意說謊。我希望能光明正大地——在非說不可的時候好好說出口，就像在祖父面前袒護綾瀨同學時一樣。

我想和綾瀨同學在一起。我希望能把「想和她一直在一起」這句話說出口。

不止現在，今後一直都是

啊，原來是這樣啊。

我懂了。

面對老爸、面對亞季子小姐，我——還沒辦法抬頭挺胸地說出口嗎？

連自己想做什麼都還沒找到的現在——我沒辦法要求他們承認我們兩個現在的距離感。

房門隨著敲門聲開啟。

我抬起頭，與走進來的綾瀨同學對上眼。

我嚇了一跳，因為我正在想她的事。

「綾瀨同學？」

「啊，呃……」

她溜進房間，反手把門關上，動作和昨晚沒有兩樣，似曾相識的感覺令我心跳加速。

「那、那個……昨天……對不起。」

「不，我也……那個……太大意了。」

「我不知道是不是太累，居然睡著了。你有沒有感冒？」

「這倒是不用擔心。呃，妳也到了休息時間？」

我原本以為是這樣。不過一聽到這句話，綾瀨同學頓時回過神來。

「啊，不是。淺村同學……不，淺村先生，店長找你，好像是要你去倉庫。」

「咦……？」

「所以，我來叫你。」

原來只是傳話啊。

「那、那麼我話已經帶到了。」

綾瀨同學這麼說完，便逃跑似的開門離去。

不得已，我走出辦公室。叫我去倉庫，大概是找我幫忙打包要退還的貨吧。

出了辦公室我才注意到，扣掉打招呼後，剛剛和綾瀨同學的互動，是我們今天打工時間裡的第一次交談。雖然替店長傳話能不能算交談有待商榷就是了。

「淺村先生啊……」

特地換成比較有距離的稱呼，很符合個性正經的她。

明明房間裡只有我們兩個。

「怎麼啦，淺村小弟？」

一打開倉庫門，店長就這麼對我說。

「咦……？啊。」

和綾瀨同學之間的事暫且放到一邊。

現在必須集中在工作上才行。

「店長。呃，找我有什麼事嗎？」

「啊，嗯。既然你在休息，那麼之後再來也行就是了。」

「不，我已經休息夠了。」

「抱歉啦。我想拜託你把這幾箱要退的貨放到送貨架上。」

店長腳下放了一、二……七個塞滿的紙箱。

「這些全部嗎？」

「嗯。」

原來不是打包而是搬運啊。

「我知道了。那麼，我去拿推車喔。」

來收走退貨的業者，會把送貨架上的紙箱搬走。

反過來說，如果沒在那之前放到架上，就會讓人家認為沒有貨要退。貨運業者大多是深夜過來，不過那時候書店已經打烊，所以需要在營業時間內把東西搬過去。

然後搬東西大多是年輕的打工人員負責。儘管年輕並不代表力氣大，不過受雇之身抱怨這些也沒用。

「我想應該需要來回兩趟，麻煩嘍。」

「好的。」

我把推車拿來，將紙箱放上去運走。剛好來回兩趟。此時休息時間也結束了，於是我直接走進收銀台。

旁邊雖然還是綾瀨同學，但我們並未特別聊什麼，時間就此流逝。

即使說上幾句話，也只有「幫我拿那個」、「麻煩包書套」這種工作上的互動。畢竟還是上班時間，這也是理所當然的。

缺乏互動造成的心癢難耐，回家後鐵定會讓我們再次向彼此索求親密接觸。

——我們這樣下去好嗎？

這樣的疑問，從思緒海洋的底部浮出。

有一件事，我已經明白。

不想讓老爸他們知道我和綾瀨同學交往，是因為我雖然對自己的感情有信心，卻對自己的將來沒信心。

看見升上三年級後逐漸改變的綾瀨同學，讓我知道自己一點也沒變。對於自己的將來，我是如此地茫然不安。

至少，在和綾瀨同學的交往穿幫時，我必須能夠對老爸和亞季子小姐講述將來的願景。

恐怕就是因為沒有，我面對老爸和亞季子小姐才會有種近似於心虛的感覺吧。

下班後，我和綾瀨同學踏上回家路。

雖然夜色已深，但是四月的風很暖和，已經不至於冷到讓人縮起身子。

花的甜香隨風而來，告訴我季節由春轉夏。路人的衣服愈來愈薄，顏色也變得較為明亮。過了五月的連假之後，穿短袖的人應該也會增加吧。

沉重的灰色季節應該早已結束。

即使如此，我們——我和綾瀨同學今天仍舊什麼話也沒說，只是一路走回家。

打開家門，兩人異口同聲地說：「我回來了。」然後，兩人一起鬆了口氣。總算回來了。

肚子好餓，真想趕快吃飯。

「啊，輪到我了。」

今天是週三，每週一次的晚飯輪值日。玄關沒鞋子，代表老爸還沒到家。這也就是說，我接下來必須做三人份，畢竟老爸是在外面吃飯會先講一聲的人。

「要幫忙嗎？」

綾瀨同學在走廊上回過頭問道。

「如果在這時候要妳幫忙，分擔制就沒意義嘍。沒問題。」

「我知道了。」

她只回了這句，就走進自己房間。

今天又沒說到什麼話。不過嘛，至少能一起吃飯。好啦，要做什麼呢？

把東西放進自己房間後，我開啟手機的備忘錄功能。現在我做得出來的料理種類有限，都是這幾道輪流。所以我整理出會做的料理一覽表，記錄分別做過幾次。

由於已經過了晚上九點，我不想花太多時間……不過炒什錦也吃膩了。

「看看冰箱吧。」

真要說起來，我連有哪些食材能用都不清楚。

打開冰箱一看，不知為何有個鍋子包了保鮮膜放在裡面。這是什麼？

拿出來一看，好像是馬鈴薯燉肉。鍋裡剩下大約四分之一，大概是亞季子小姐中午剩下的吧。那麼，把這個熱一下……

「不夠啊。」

冰箱裡雖然有蔬菜，卻沒有肉。

這時候就該用手機搜尋一下。「馬鈴薯燉肉」、「剩菜」。可樂餅、燉菜、焗烤、咖哩……挺多的呢。

咖哩啊，或許不錯。雖然缺肉，不過當成蔬菜咖哩就行了。

如果弄這個，只須把市售咖哩塊丟進去就好，分量應該也夠。只要另外加一些馬鈴薯、紅蘿蔔、洋蔥就行。

我把從冰箱拿出來的那鍋馬鈴薯燉肉加水加咖哩塊，放到ＩＨ爐上加熱，然後切菜。另外加的蔬菜直接丟進去不容易熟，所以我先用微波爐加熱了約五分鐘才扔進鍋裡。

再來只剩下燉煮。

我在燉咖哩的同時，也順便瞄了一下「剩菜」的食譜。畢竟以後可能還需要靠它關照嘛。我想知道剩菜能用來做些什麼。

用剩下的關東煮做咖哩啊。其他還有拿剩下的筑前煮做咖哩、用剩下的年糕湯做咖哩、用剩下的奶油燉菜做咖哩……

咖哩還真是萬能啊。

簡單來說就是那個吧，煩惱的時候把剩菜做成咖哩通常就能解決問題。

我嚐嚐味道做些調整。比平常辣了一點。雖然嘴巴會有點麻，但我總覺得現在的自己需要。當然，也是考慮到得讓它別那麼像馬鈴薯燉肉。可能是因為混了原本的湯汁吧，和平常的咖哩相比好像還是多了些和風高湯的味道。不過嘛，應該不太需要在意吧。

把東西擺上餐桌之後，我喊了聲：「飯好嘍。」
一走進餐廳，綾瀨同學的鼻子便動了一下。
「好香。弄了咖哩啊？」
「亞季子小姐留了些馬鈴薯燉肉下來。」
「用剩菜做的咖哩嗎？很有家常菜的感覺，不錯耶。」
「被嫌偷工也沒得辯解就是了。」
「為什麼？我才不會這麼說。如果這樣叫偷懶，我做的菜全都是偷工了。」
綾瀨同學反駁得比平常要快，讓我有點吃驚。
「會、會嗎？我覺得妳總是很花心思耶。」
「這……我之前是不是對你說過這種話？『沒時間預先幫肉調味，抱歉嘍。』」
啊……
「想起來了。那時我還不曉得預先調味是什麼。」
當時綾瀨同學她們剛搬進來，是六月上旬的事。
「你記的是那個啊。」
看見她臉上的苦笑，才總算讓我覺得彼此之間的尷尬氣氛和緩了點。

我們坐到桌前，合掌說開動。

「好吃。」

得到廚藝好的綾瀨同學讚賞，令人開心。

「或許會有點辣。」

「這……的確，比平常辣。不過很好吃喔。也把馬鈴薯燉肉的感覺蓋掉了。」

「哈哈，被發現啦。」

我們就這樣你一言我一句地聊著。即使如此，依舊沒人提起昨晚的事。

話題不知不覺轉往最近彼此在思考的問題。

也就是將來，關於就業的事。

我說我找老爸談起關於工作的話題，綾瀨同學則說她正好也和亞季子小姐聊到類似的話題。

「我們好像做了差不多的事呢。」

「是啊。唉，畢竟是考生嘛。」

雖然不是第一次當考生，但是和考高中相比，會覺得考大學與前途的關連性更為直接。當然，從事職業與大學無關的人也很多就是了。

「我不知道自己能從事哪一行。」

「這個媽媽也說過。她說，自己適合做什麼，往往自己也不清楚。」

「是這樣嗎？」

綾瀨同學點點頭，接著說道：

「我應該沒辦法從事像媽媽那樣的服務業，畢竟我不太喜歡迎合別人。不過淺村同學看起來很擅長。」

「我覺得自己並不擅長耶。」

「沒這回事，看你在店裡和客人交談也能明白。而且客人要找的書，你就像魔法師一樣能馬上猜到。」

「這個嘛……因為我看了不少。」

「不過，這會不會就是媽媽口中『自己做著做著就培養出來的能力』啊？」

聽她這麼一說，我才恍然大悟。以前從沒這麼想過。

「國中的時候啊……」

「嗯？」

綾瀨同學歪頭看著突然轉換話題的我。一瞬之間我覺得這種舉止好可愛，重新體會到自己真的喜歡上她。

「那時候，我覺得自己是個愛書人。有種『我讀的書比大家多喔』的感覺。」

「看了多少啊？」

「差不多每天一本吧。」

「好厲害。」

「這個嘛，大家也是這麼說的。我當時算是自命不凡吧。某天我碰巧有機會和教國語的老師聊天。那位老師很謙虛，就算對方是學生也會用敬語。」

所以呢，得意忘形的我詢問老師讀了多少書。

「然後？」

「老師回答三本左右，說話時也看不出有多得意。」

「咦……一天？」

「對。儘管如此，卻沒有半點炫耀的感覺。我當時就想，啊，這才是真正的愛書人。」

從此以後，我再也沒把自己當成愛書人。

「這……那位老師確實很厲害，但是淺村同學也不差啊。」

「話是這麼說沒錯。不過正因如此，我才沒想過把這件事和職業連在一起。如果是只對第一感興趣的人，恐怕就更會這樣了。」

「第一……意思是世界第一愛書人嗎？」

「當然可以，日本第一的書店店員也行。相較之下，就會認為我這種水準還差得遠了對吧？」

「如果不是第一就不能從事那一行，全世界不就只剩下一個書店店員了嗎？」

我不禁苦笑，因為我也這麼想。

「是啊。所謂的工作並不是這樣，對吧？而且，我是那種沒辦法決定自己最喜歡哪一本書的人。」

「意思是對第一沒興趣？」

「硬要說的話，我想是有很多個第一。時間科幻是這一本、最恐怖的驚悚小說是這一本……類似這樣。」

聽到我這番話，綾瀨同學點點頭。

「唯一重於第一對吧？」

「大概是這種感覺。一開始，我也很好強地想要一天看四本書。不過，這樣看書一點也不快樂。於是我思考自己為什麼看書，最後覺得不該勉強去看。」

「那麼，現在呢？」

「和看書的量相比，怎麼看更重要。我覺得只要用適合我的方式看書就好。」

「適合你的看書方式啊……這種想法很有你的風格呢。」

「謝謝。不過嘛，我也不記得這種想法有發揮過什麼功用，應該純粹是自我滿足吧。」

看見那就像在說「沒這回事喔」的微笑，讓我覺得心頭輕鬆了些。這麼說來，這些事我好像沒和別人提過，連丸也不例外。

「不過若要這麼說，妳不也一樣有『自己做著做著就培養出來的能力』嗎？」

聽到我這句話，綾瀨同學稍微猶豫了一下後才開了口。

她讀了一篇訪談，主角原本就讀月之宮女子大學研究所，後來成為設計師。

「設計師啊……」

「當然，別說對設計方面有什麼研究了，我連一張圖都沒畫過，也不覺得自己能效法人家。不過，我喜歡思考服裝搭配，還有誰適合怎樣的服裝。」

「這麼說來，之前妳幫我選過衣服嘛。」

「我向真綾借過少女漫畫。」

話題突然跑了。

「妳居然會看漫畫，這還真稀奇。」

「她說：『我推薦這個，快看。』然後硬塞過來。那部漫畫的主角是演藝人員，可能就因為這樣，每次穿的都不同。」

「感覺治裝費要花上不少。」

「你也這麼想吧？不過，漫畫裡也提到主角沒那麼多錢，看著看著我才發現，其實是用同一件衣服做不同的搭配。」

我對穿著打扮這方面不熟，所以問綾瀨同學這是什麼意思。

「真綾要我仔細看衣櫃。聽她這麼一說之後往回翻，發現確實每一件衣服都曾經出場。不過，可能是上下搭配不同、只換掉襪子或點綴的圖案、更改飾品或髮型。當然也會不時追加新衣，讓人看得出『啊，是在這裡買的啊』。」

「這還真是厲害。」

「嗯，我也覺得很厲害。」

綾瀨同學就像一個淘氣的小孩坦白惡作劇似的說道：

「淺村同學，你可能沒注意到，其實我也有在這方面花心思。搬來這裡之後，我的穿搭從來沒有重複過喔。」

這……我沒注意到。

「原來如此。所以妳才會認為當個提供穿搭建議的人也不錯。」

「不曉得做不做得到，只是覺得好像還不錯。」

即使如此，她依舊前進了一小步。

那我呢？有沒有自己還沒發現，但其實很適合我的工作呢？能夠在大學四年內找到嗎？

不，真要說起來，我能順利考上大學嗎？

愈是思考，我對於未來就愈是不安。

就連咖哩的辣，也不能激發我的鬥志。

感覺有點渴。

可能是因為我連洗澡時也在思考將來，結果泡得比預期來得久吧。

時間已是深夜，回到家的老爸也吃完飯上床睡覺了。碗盤已經洗好，我準備就這樣躺上床稍微看一下書後睡覺，不過在那之前要先補給水分。

我走到廚房，打開冰箱。

把常備的麥茶倒進杯裡。要把冰涼的麥茶咕嘟咕嘟灌下肚，以季節來說還早了點，所以我是一口一口慢慢喝的。此時靠走廊的門開了，綾瀨同學走來。

她就這樣從我面前通過，打開冰箱拿出麥茶。看樣子她也覺得口渴。

我打算站著喝，她卻坐到我旁邊的椅子上。

家居服上披了件開襟毛衣，以向來不露破綻的綾瀨同學來說很罕見，但也可能是不知道我在廚房。即使如此，知曉我倆的距離已經縮短到她發現之後也不會慌張逃走，仍然令人開心。

「用功到這麼晚啊。」

已經過了深夜零點。

「嗯……」

聽到這有點無精打采的聲音，我不禁打量她的臉。

「怎麼啦？妳好像沒什麼精神。」

「念書沒什麼進度。」

那有些沮喪的臉令人在意。

「這個嘛……我大概也沒資格說別人。明明已經三年級了，我卻覺得自己沒辦法像之前那樣集中精神。」

「淺村同學也是？」

「是啊。」

「這樣啊。」

短短的互動之後，兩人再度陷入沉默。

看著她，讓我想到今天似乎也沒有好好聊上幾句、沒機會碰觸彼此。

我們不約而同地向對方伸出手，卻在途中停下。

「今天得好好睡覺才行，對吧？」

「是……啊。也對。」

彼此靠近的手，慢慢縮了回去。

「那麼淺村同學，晚安。」

「嗯，晚安，綾瀨同學。」

於是我們各自回房間。

4月21日（星期三）　淺村悠太

確實，昨天才做出一堆傻事，而且老爸他們的寢室只隔了一道門，我們這是在幹什麼啊？這不是「被發現也沒辦法」，根本就是希望被人家發現吧？

可是，現在的我，並不覺得自己能抬起頭對老爸和亞季子小姐描繪自己的未來展望。

儘管如此，我卻沒辦法不把目光放在綾瀨同學的身上——

我抱著一團亂的思緒躺上床。

打開本來想看的書，但是連一行字都進不了腦袋裡，我只好認命地閉上眼睛。

4月21日（星期三）　綾瀨沙季

的確有些課會讓人想睡。

氣候條件也適合。窗外正值春末的好天氣，溫暖的陽光從大約窗邊第二列的位置照進來，讓教室相當明亮，甚至有點亮過頭。風從開得不大的窗戶吹進來，使束起的窗簾晃來晃去。

吃完午飯後適合睡午覺。就算不坐在窗邊，睡意也會愈來愈濃。而且現在正是上完第四節體育課後感到疲倦的第五節課，加上是我擅長的日本史，所以讓人大意了。睡魔來襲，當我注意到的時候已經點頭點個不停。

老師點了坐在隔壁的班長，她起立時把椅子弄出聲響（說不定是故意的），也因為這樣，我醒了。

幸好，接下來的上課時間我沒再閉起眼睛，但是顯然沒有往常那麼專心。這是我上高中以來第一次在上課時睡著。

真是不小心啊。

我偷瞄旁邊的班長，隨即發現她也在看我這邊，還指指嘴角。該不會——我連忙擦了擦嘴。

班長的嘴巴輕輕動了幾下。「假、的。」唔……不過仔細一想，會說這種謊表示她果然有注意到我剛剛睡著了。

我看向授課教師，用唇語向班長表達謝意。

然後面對黑板。

沒想到會有被別人解救的一天。一直以來小心翼翼的我，居然就這麼簡單地露出了破綻。

最近的我到底怎麼了？

下課鐘響，第六節課開始前的十分鐘休息時間，短暫到用來準備下一節課就會花光。但是連這麼短的時間，都有許多同學圍著我旁邊那位開朗的班長聊天。

坐在旁邊的我，最近也是必然會被拖下水。

唉，班長不會硬是把話題丟給我，所以當成耳邊風在旁邊發呆就好。不過圍過來的同學裡，也是有人毫不客氣地一直跑來找我說話。

升上三年級之後，我改變最多的部分，或許是這種時候的應對。

我想要效法淺村同學在打工時的應對能力，所以就算人家跑來搭話，回應也不會像以前那麼冷淡了。只要想成是接待客人的練習，自然沒辦法無動於衷或隨便應付。

不過，像今天這樣有點沮喪而希望大家都別來煩我時，就會有點難受。

如果是真綾，這時候便會注意到我的情況，幫忙做些調整避免把我拉進話題。但是不該要求別人也這麼體貼。

我擠出笑容撐過休息十分鐘，到了放學時刻，我的精神已經疲憊不堪。然而今天還要打工。

到了打工地點，我的狀況依舊不太好。

今天讀賣前輩也忙於求職沒來。淺村同學排班時間和我一樣，所以我們兩個是一起工作的。

可能也因為到得比較晚，所以有些焦躁吧，今天做的很糟，不斷犯下平常不會有的錯誤。

像是把補充的書送到賣場時，差點放到完全無關的架子上。

雖然都是漫畫，但還是有男性向和女性向的分別。

按照淺村同學的說法，封面都是可愛女生似乎就屬於男性向，如果還有帥氣男生則是女性向。當然也有例外，不過整體傾向如此，所以他說大致上這樣記就可以了。

不過，淺村同學另外也有提醒我，如果封面是可愛的男生或帥氣的女生，那麼兩種都有可能。

雖然我不太清楚怎麼回事，不過差不多就是這樣。我卻不小心忘了他的叮嚀，差點把書放錯位置。

除此之外還有找零算錯、書套折錯。

雖然沒犯下致命性的錯誤，不過途中我就覺得這樣實在不行。

於是我對店長表示要去一趟洗手間。當然，目的是洗把臉讓自己能集中精神。以冷水洗臉，再用洗手台的鏡子確認。眼睛好像有點腫，大概是因為睡著的時間不巧，導致我在睡眠不足的狀態下早起，才會變成這樣吧。容易分心或許也是因為睡眠不足。

今天沒上什麼妝，所以省下了補妝的工夫。若是社會人士或讀賣前輩說不定會重新化妝就是了。

回到崗位向店長報告後，店長拜託我叫淺村同學去倉庫。

我在辦公室看見他喝茶休息，於是把店長要我轉達的話告訴他。
這時候才總算能和淺村同學說些話，雖然有為昨天不小心睡著道歉，但是總覺得很尷尬，所以傳完話就逃跑似的離開了。
打工結束後的回家路上，我們也沒有好好說上幾句話。
一直提不起勁。
門的另一邊傳來「飯好嘍」的聲音，於是我停下筆。
回答「這就過去」之後，我把整理板書而成的筆記收好。今天也沒什麼進度。
打工完回家之後念書。現在能這麼做，也是因為淺村同學和其他家人開始輪流做晚飯。雖然很感激，卻也讓我有點心虛。畢竟我原本打算全部自己扛的。
一進餐廳就聞到香味。
「好香。弄了咖哩啊？」
一問之下才曉得，媽媽好像做了馬鈴薯燉肉，淺村同學把剩下的加以利用。分量靠另外加入微波過的蔬菜補足。一年前的淺村同學，應該根本想不到可以弄成蔬菜咖哩吧。畢竟這個家以前好像都是靠外送、微波食品、便當。這麼說來，當時淺村同學連肉要預先調味都不曉得。

想到這裡，就覺得他有這麼長足的進步實在不簡單，但是淺村同學反而擔心我會嫌他偷工。沒這回事。如果淺村同學的咖哩是偷工，那麼我平常做的菜也都算得上偷工了。

我沒有要硬捧的意思，但我說這番話時應該夠認真吧，淺村同學看來稍微鬆了口氣。太好了。

於是我坐下來吃咖哩。

淺村同學說可能有點辣，的確也像他所說的一樣，味道偏辣。我本來比較喜歡溫和一點的口味，不過，今天從早上到現在都不太能專心的我，現在倒是覺得這種偏辣的調味意外地還不壞。

吃著咖哩的我們，總算能悠閒地聊上幾句。

就這樣，我得知我們都感受到了同樣的煩惱。

不止關於升學，還有更遠的將來。大學畢業之後要怎麼辦？過去只有過模糊的念頭，這半年來成了非得想清楚不可的問題。

「我不知道自己能從事哪一行。」

淺村同學說道。

這句話讓我想起了和媽媽的談話。

我希望能多少幫點忙，於是現學現賣地把媽媽說過的話告訴他。媽媽說，自己適合做什麼，往往自己也不清楚。媽媽以前好像也沒想過自己會從事服務業。

希望他能加油的我，試著把媽媽說的那些告訴他。

我知道淺村同學有多努力。

和媽媽一起搬來這個家以後，淺村同學和太一繼父為了盡量讓我們過得舒適，把以前就有的種種規矩拿來與我們家的習慣磨合，包括做飯。

我並不覺得外送、便當、外食不好。以經濟方面來看，一個人生活時這樣甚至有可能比較便宜。

說到做飯這回事，如果有傳下來的知識、工具就花不了多少錢，但是與它無緣的人意外地需要先投資不少。

更重要的是，人的大腦不太願意改變習慣。

即使如此，太一繼父和淺村同學依舊願意配合我們，對於他們，我心裡只有感謝。

而且現在淺村同學甚至能一個人做晚飯了。

4月21日（星期三）　綾瀨沙季

除此之外，他還為了我的課業尋找能集中精神的音樂、替我思考怎麼解決現代文的問題……

如果淺村同學對將來有所不安，我的將來就更令人不安了。

『不用急。』

雖然媽媽這麼告訴我……

——我不知道自己能從事哪一行。

吃完飯回到房間的我，在心裡輕輕嘀咕。

我也是一樣。

晚飯後，由我先洗澡。

洗完澡，我一邊吹頭髮一邊看攤在腿上的時尚雜誌。

短髮時轉眼間就會乾，但是頭髮不知不覺又回到了接近原來的長度，所以弄乾所需的時間也變長了。

而且頭髮沒乾時也沒辦法念書。吹風機聲音太吵，沒辦法放影片或音樂，頂多就是像這樣把什麼東西攤在腿上看，像是雜誌或單字集。

頭髮吹乾時，太一繼父回來了。

他開門探頭，說：「我回來了。」淺村同學開始加熱晚餐的咖哩。

我姑且還是有問要不要幫忙，但是不出所料，他一句「沒關係」攔住了我。這麼一來就只能念書了，於是我坐到書桌前。

為了別著涼，我把衣服穿好，打開試題集，準備從不擅長的現代文開始解決。

接在昨天的進度後面開始解題……

原本用低傳真嘻哈趕跑的空調聲回到耳裡。

我吃了一驚，發現自己不小心打起瞌睡。耳機在不知不覺間滑落，我則是趴在桌上。

看向時鐘，已經過了深夜零點。

本來就已經不太能集中精神了，勉強撐下去效率大概也不會好。

攤開的試題集，連預定進度的一半都沒解決。

「不行。睡覺吧。」

有點渴。我拿掉耳機，用力甩了一下頭。

然後打開通往廚房的門。

我愣了一下。

餐廳有人——是淺村同學。他喝著杯裡的茶色液體。

大概是麥茶吧。真好——於是我決定也要喝麥茶。

我從他身旁走過，打開冰箱為自己倒麥茶。

然後就這麼坐到他旁邊，開始模仿他一口一口地啜飲。

「用功到這麼晚啊。」

聽到淺村同學這句話，讓我的心臟猛然跳了一下。

「嗯……」

雖然給了肯定的答覆，但是對不起，我剛剛在打瞌睡。語帶含糊是因為這樣。

明明自己的事就忙不完了，淺村同學依舊很關心我的身體。而我則像是趁機撒嬌一樣，把最近念書不太能集中精神的事告訴他。結果淺村同學說他也一樣，升上三年級之後念書很容易分心。

出乎意料地發現我們有著同樣的煩惱。

不過，升上三年級之後，也就表示已經快要一個月了，我們卻都不知道彼此的煩惱。

這或許也是因為最近都沒怎麼說話的關係。

沒有說話，沒有牽手，更重要的是沒感受到體溫。在巴拉灣海灘吊橋上的事，宛如一場遙遠的夢。所以——正因為這樣，昨晚彼此的溫暖才會讓人覺得那麼愜意，一不小心就睡著了。

我們不約而同地看著對方，放下麥茶伸出手。

但是，兩邊都在途中停了下來。

腦袋的一角在害怕，不知道手繼續往前伸會怎樣。

「今天得好好睡覺才行，對吧？」

我把「在那之後」趕出腦袋，也盡量不去想自己，錯失了本該得到的溫暖。

兩邊各自縮手。

我洗好杯子道了聲晚安，然後回到房間。

躺上床、關掉房間的燈，閉上眼睛。

然而念書時不斷造訪的睡魔，這回卻始終不肯上門。腦袋裡一直在想如果剛剛握住對方的手會怎樣，無法入睡。

我望著天花板只剩下微光的燈，度過一個毫無睡意的夜晚。

4月21日（星期三）　綾瀨沙季

5月20日（星期四）　淺村悠太

升上三年級快滿兩個月了。

我登上樓梯，前往已經熟悉的教室。

從平台窗戶所見的五月天已是晴空萬里。陽光灑在鋪了油氈的階梯上。

「早安。淺村，我先走一步！」

吉田兩階併一階追過我，在平台轉了半圈繼續往上爬。

「早安。」

我給了那個背影回應，目送他離去。

這是升上三年級之後一再重複的常見情景。

擦身而過的人也都看習慣了。

究竟是從什麼時候開始，我不再把樓梯的階數放在心上呢？新景色反覆入目也就成了日常。早上，從玄關踏入校舍到通過樓梯口前往教室，這一連串過程可說是例行公事之最。

而動物一旦習慣了重複多次的刺激，就不會再有反應。

這種反應叫做習慣化。腦不會每次都試著重新記憶已知安全的資訊。見慣的招牌要等到換掉之後才會注意到那裡有招牌。

我踩著樓梯，看著腳下。

試著每踩一階就回想度過的每一天。

但是，我的腳步很快就停下了。

最先浮現腦海的，是和綾瀨同學相擁而眠的那一天。再來則是彼此分享對於將來的認知那天。

然後……呃……

除此之外，什麼都想不起來。

我看著沒前進的雙腳，內心暗自嘆息。那之後已經過了一個月，時間流逝實在太快。明明覺得升上三年級沒多久，卻已經又過了一個月。

只不過，感覺時間流逝變快的原因很明確。因為人際關係沒有重大變化，與綾瀨同學的相處也包含在內。

5月20日（星期四）　淺村悠太

沒有什麼事件，過著有如早晨階梯般毫無變化的一天。

俗稱黃金週的五月大型連假，也在回過神時就已結束。

我做了什麼呢？

呃，有念書就是了。

畢竟是三年級，是如果放眼未來想要考大學，就不能沉浸於未定型認同的時期。和二年級時相比，我多花了些時間念書以準備考試。

除此之外，也有為期中考做準備。

老實說很忙，應該說太忙了。扣掉學校、打工、吃飯洗澡睡覺等例行公事後，我只剩下坐在桌前面對筆記本的印象。

這倒是無妨。問題在於不管花多少時間念書，都讓我覺得不夠。

沒有應手感。

總覺得……很奇怪。

考前衝刺我明明經歷過很多次，沒什麼特別的。反倒是為了讓自己對於將來有信心，我花費的心力應該遠比平常更多才對。儘管如此，不安仍舊揮之不去，這是為什麼呢？

我輕輕搖頭，甩開軟弱的想法。沒問題，我有念書，有做自己能做到的。真要說起來，我從二年級開始補習，早就著手為了應考而念書。不可能在這種時候出差錯。

今天開始是期中考。

無論如何，要是有時間在這裡煩惱，還不如趕快進教室在自己座位上掙扎，把考試範圍的內容記到腦袋裡。

我讓雙腿使力，準備迎接期中考。

可是……

和決心完全相反，即使已經宣布考試開始，我的思緒依舊遲鈍渾濁。

考試時也一直覺得腦袋裡有團霧，難以集中精神。糟糕，愈是焦慮，眼前的問題就愈難進到腦袋裡……

焦躁感愈發強烈，唯有考試時間不斷流逝。

我到底是怎麼了？

晚餐前——

我站在廚房。今天輪到我。

5月20日（星期四）　淺村悠太

考試期間沒排班，所以今天沒有打工，家裡只有我和綾瀨同學兩個人。不過，我們分別窩在房間念自己的書，幾乎碰不到面。

難得都待在家裡，又是同年級同班考同一份試卷，互相為對方講解難題不是比較有效率嗎——這種想法當然不是沒有，但是我冷靜的那一部分也在同時吐槽：「不，做不到吧。」

這麼做顯然更沒辦法專心念書。好想摸摸她，好想感受她的溫暖，綾瀨同學充滿吸引力，讓我隨時都得努力對抗。

舉例來說，有個使用手機的實驗。

讓學力沒有明顯差距的參加者們解答需要專心的題目，並且按照手機擺放位置分成不同組別。A組放桌上、B組放包包裡、C組放隔壁房間。

結果，手機放桌上那一組的成績最差，手機放在隔壁房間一組的成績最好。

從這個實驗可以知道，就算眼前有一份需要以全力解決的考題，手機放在手邊依舊會讓人分心。就算刻意不去想手機，但是在出現「刻意不去想」這個過程的時間點，人就已經為了思考而消耗腦力。沒想到「不去想」也需要能量……

換句話說，綾瀨同學就是手機……不對。

分心讓我差點把平底鍋裡的東西弄焦。

我連忙關掉IH爐。

就在我把做好的菜裝盤時，綾瀨同學正好從房間探頭。

「……鯖魚？」

「我試著弄成味噌煮。」

查過資料後，我發現青魚類似乎有助於集中精神，因為富含DHA。

綾瀨同學摀住嘴，似乎注意到了什麼。

「啊。」

她的眼神看來有話想說，但是我等了半天也沒等到後續，於是主動開口。

「該不會，妳討厭鯖魚？」

「沒有，只是正好想吃。」

「那就好。」

「謝謝你幫忙弄了鯖魚。」

「不客氣。我想……應該沒失敗。」

我應該有遵照食譜的作法才對，至少看起來還不錯。我也參考了綾瀨同學之前給老爸的建議，調味弄得清淡一點。

我們面對面就坐，合掌說開動。

用筷子夾一塊帶有味噌醬汁香氣的魚肉，搭配白飯一起吃。甜辣味隨著熱氣鑽進鼻子裡，送入口中之後，味道更在舌頭上漾開。

嗯，做得不錯。

綾瀨同學也說好吃。不過她的表情感覺很沉重，讓人有些擔心。

「該不會，妳身體不舒服？」

「沒有。別擔心。」

說著，她就像回過神似的動起了筷子。我也沒追究下去，同樣動起筷子。

我們就這樣默默吃飯。

收拾完畢之後，一個人「那就這樣。」一個人「嗯。」各自回房。

繼續念書。

筆記本攤在桌上。

到頭來，還是沒有和綾瀨同學聊今天考試的狀況。

如果要問對方寫得怎樣，就得順便回答自己的狀況。我很難說自己沒問題，但是用謊話敷衍過去又很虛偽，況且試卷發回來之後擺明了會很尷尬。

考試開始前，我和綾瀨同學就為了專心準備考試而事先磨合過，要減少情侶之間的親密接觸。正因如此，非得有個結果不可。

這是該努力的時刻。

如果不在這時候展現成果，我根本沒辦法對自己有信心。該做的事沒有做好，今後就沒有和綾瀨同學共度愉快時光的權利——根本沒有資格。

我很清楚。

然而，實際上我就在不夠專心的狀態下結束了考試第一天。這麼一來，除了對於現狀的焦慮之外，其他不安也跟著浮現。

綾瀨同學的心情。

在我看來，她的表情、言行都和平常一樣。一如往常，平常心。儘管有那麼一瞬間顯得僵硬，但我覺得那是因為我自己失去了平常心，也或許是我太在意她的結果。

我沒有能讀取他人思考的讀心能力，無法解讀綾瀨同學的心情。一旦靠近她，就得忍耐想要親密接觸的衝動，不可思議的是，我甚至會覺得兩顆心的距離變遠了。

嗶嗶聲響起。我連忙抬頭。

5月20日（星期四）　淺村悠太

事先設定好的鬧鐘。

番茄工作法——為了提升集中力而分段念書，所以我設定鬧鐘在二十五分鐘後響起。以二十五分鐘的集中和五分鐘的休息為一組。

我看向筆記本。

毫無進展。

我又把該集中精神的時間浪費在沒有答案的思考上了。

這樣下去不行。

但是完全想不到解決辦法。

原來如此，「不思考也需要能量」似乎是真的。而且，需要的能量好像不少。

需要想辦法把在意的東西放去碰不到的遠處。

可是，我的「手機」（也就是綾瀨同學）只要回家就見得到面，去了學校又待在同一間教室，打工也在同一個地方。不僅如此，最近連在我的腦袋裡都有了一席之地。

二年級時明明還因為待在不同班而有些遺憾，沒想到分在同一班之後事情會變成這樣。

如果有不安，只要磨合就好。我現在有這些不安，實際上又是如何呢——類似這樣。

我和她應該已經建立了這樣的關係才對。

但是，倘若現在磨合得到了負面的答案，我完全無法預測自己會有什麼反應。

綾瀨同學成為沒血緣妹妹之前的我，根本無法想像會這樣。被初次碰上的感情擺布，實在很丟臉。明明只要有自信就能解決，得到的結果卻無法讓我對沒自信的事產生自信……愈陷愈深啊。

契約關係出現動搖。

義兄與義妹的生活，感覺會像浮上水面的泡沫一樣消失。

如果連提議磨合都會感到不安，又要怎麼調整彼此的關係才好？

鬧鐘的嗶嗶聲再度響起。

這樣下去絕對不行。

5月20日（星期四）　淺村悠太

5月20日（星期四）　綾瀨沙季

我在宣布考試開始的同時將試卷翻面。
首先寫上班級和姓名。
然後看向題目卷——
好久沒體會到長期的累積逐漸崩塌的感覺了。
上次或許是還沒掌握念書方法的小學時代。
難道說，所謂適合自己的念書方法，也會像味覺一樣隨著成長而逐漸改變？
……現在不是逃避現實的時候吧。
真要說起來，我用來念書的時間和平常……不，比平常還多。
本來該由我負責的晚飯也變成輪班制，讓我多出時間念書。儘管如此，依舊因為無法專心而拿不出成果，實在讓我感到很抱歉。
原因不是念書方法，時間也安排充裕。

然而，照理說已經讀過的書、已經記住的內容，卻都宛如沙子，從試圖把它們掏出來的手裡滑落。

就連題目讀起來也像是在咬沙子，腦袋毫無反應。

為什麼？

我在心裡慘叫。

焦慮帶來驚慌。看見手中鉛筆的筆尖開始晃動，讓我倒抽一口氣。

閉上眼睛，慢慢吸氣，然後吐氣。

必須冷靜下來。

穩住。

這時候得好好努力才行。

然而，即使我鼓起幹勁，沙子依舊繼續滑落。

就在答案卷還有空格的情況下，無情的鐘聲宣告結束。

當天晚上——

淺村同學真是不簡單啊——吃了他做的鯖魚味噌煮，讓我產生這樣的感慨。

味噌帶來的淡淡甜味，彷彿他的溫柔。

鯖魚富含對大腦有益的ＤＨＡ。

明明有聊過升上三年級後集中力變差的話題，我卻沒把它和料理聯想到一起。

他大概是認為將鯖魚當成主菜，能彌補集中力的不足吧。

——在餐桌上看見剛做好鯖魚味噌煮時，注意到這點的我不禁「啊」了一聲。

然而我卻因為自己的心虛，沒辦法把這件事當成話題。

因為一旦聊起這個話題，自然就得提到今天考試的狀況。另外，這段時間都沒有為他在料理方面下工夫也讓我感到愧疚。我這樣算什麼廚藝好啊？

最後，我對淺村同學擺出了很冷淡的態度。

我偷瞄坐在對面的他。他默默地吃飯，看不出在想什麼。

他現在是怎麼看我的啊……

愈想愈害怕。明明只有我們兩個人在，明明不需要在意別人的目光，我卻不曉得該和他聊什麼。明明不久前還能聊些日常瑣事的。

還是說，覺得尷尬的只有我？

本來很好吃的鯖魚，也吃不出它的味道了。

因為是考試期間，所以暫停一切像是情侶的親密接觸——這是我主動提的，淺村同學也表示同意。

儘管如此——

不能要求親密接觸之後，現在的我，甚至無法肯定他會說他喜歡我，不確定眼前這個人是不是還喜歡我。想要碰觸對方的欲望，他是不是沒有我這麼強烈……

因為，如果他的欲望也和我一樣強烈，我們現在距離這麼近，他應該會做些什麼才對——

慢著。這是怎樣……

「綾瀨同學？」

「咦？啊。」

「該不會，妳身體不舒服？」

「沒有。別擔心。」

我倉促間搖搖頭，勉強夾了塊鯖魚送進嘴裡。

吃不出味道，但我依舊拚命動著筷子和嘴巴。

他明明是在擔心我，我卻不想讓他看穿此刻我在想什麼而裝得若無其事。

我發現閃過自己腦海的念頭，於是在心裡把它壓下來。

要是他打破約定抱緊我——

我剛剛是這麼想的嗎？

眼前彷彿蒙上一層紗似的暗了下來。

我對自己的想法感到不快。不舒服。

我有自覺。

自己是這麼渴望他的溫暖。而且，我似乎不想自己說出口。

理由不難想像。我們已經講好考試期間要克制彼此的親密接觸，如此一來我便可以不用自己打破約定。若由他主動索求，就不算我意志不堅。我好想抹消這種渴望他的焦躁感，想要一顆安定的心。如果他抱住我，我大概就能像不小心睡著的那天晚上一樣得以安眠。這麼一來，我念書想必能更專心。

想到這裡，我不禁毛骨悚然。

如果不向淺村同學撒嬌，我就連控制自己都做不到了嗎？

這麼一來，我和那個控制不住自己，只會向媽媽撒嬌發洩的生父，又有什麼不一樣呢？

和理性處於兩個極端的衝動，不是我向來排斥的東西嗎？
不能撒嬌，不能懷疑愛情、索求過度。我不想成為我討厭的我。
這些丟臉的思緒，我硬是把它們和嘴裡的飯一起吞下肚。

5月20日（星期四）　綾瀨沙季

6月1日（星期二）　淺村悠太

教室的色彩變得明亮。

六月起換季，制服拿掉了色調沉重的外套，轉為輕快的顏色。

氣溫也逐漸升高，像今天要是待在陽光下會熱到一身汗，教室的窗戶也從上午就一直是全開。

一個情緒容易亢奮的季節。

……如果是這樣就好。不過很遺憾地，對於水星高中三年級學生來說，今天反倒是陰天多雲，甚至會下起小雨。

放學後的小型班會時間，班上一片嘈雜，從話音聽得出來是幾家歡樂幾家愁。平常會開口要大家安靜的班導師，今天也沒有試圖安撫。

這也難免——我看向手裡那張紙。

期中考的結果發回來了。

各科分數會在授課教師發回答案卷時看到，因此我早已知曉。

此刻在我手裡的，是統整了所有科目的成績單。名次和平均分數不用說，就連校內偏差值都有，說穿了就是一面映出自己學力的鏡子。

我看向上頭印刷的數字。

平均分數約74分。

退步了……

以全學年來看不算差。雖然不差，分數卻比上一次來得低。

這種成績在去年倒是不需要介意，但是今年不一樣，大考在即，理所當然地所有人的平均分數都有所提升。想來是因為其他學生開始有了考生的自覺吧。

在這種情況下退步，讓問題顯得很嚴重。

名次退步不多也算不上什麼值得慶幸的事。

之前聽完讀賣前輩那番話，我還天真地想著要盡可能考上好大學，讓未來有更多選擇，照這樣下去根本沒得談。

更重要的是，無論面對老爸他們還是面對綾瀨同學，我都沒辦法抬頭挺胸。

在焦躁的驅策下，我看向綾瀨同學，想知道她的狀況如何。但是，從她的側臉什麼都看不出來。

或許進步了，或許還是老樣子。

環顧教室，大家的情緒普遍低落。即使是成績有進步的人也不例外。說穿了，發還考試結果就是要讓我們有考生的自覺。

所以，即使斜前方的綾瀨同學微微低下頭，也很難解讀她的情緒。雖然看起來也像是有點困擾。

難道說，她也碰上了和我一樣的狀況嗎？

唉，我在想什麼啊？

無論綾瀨同學的成績怎樣，我這不好看的平均分數都不會有所提升。

而我居然還因為自己的平均分數變差，就焦慮地想打探她的狀況。這不就像是希望她也和我一樣成績退步嗎？

差勁透頂。縱使只是一時昏頭，也不該為了讓自己安心就期望她成績不佳。

更何況，她是個會自學自習的人，這次考試學年排名前進的可能性很大，或許只是替周圍的人著想才沒怎麼表現出喜色。想到這裡，又有另一種難以言喻的不安湧上我心頭。

我希望能想個辦法轉換心情，讓成績進步。如果有什麼契機就好了。

要是沒有契機，集中力恐怕難以恢復。

班會結束，同學們魚貫而出，綾瀨同學也在瞄了我一眼後離開教室。順帶一提，吉田早就消失無蹤。運動社團到了六月，有人會引退交棒給學弟妹，也有人會像吉田那樣在最後奮力一搏。

我不禁泛起些許「要是丸在就好了」的念頭。

如果換成丸，我們就會一如往常地聊起考試成績。不過對於棒球社三年級來說這是最後一個夏天，找他商量恐怕會讓他為難。為了兼顧社團和成績，丸應該很忙，網球社的新庄大概也是。我不想給他們添麻煩。

我把成績單塞進包包裡。

想這些也沒用。說再多洩氣話也擋不住考試來臨。倘若不採取對策，分數搞不好會繼續退步。

6月1日（星期二）　淺村悠太

週二放學後，平常應該會直接去打工。

但是因為有期中考，所以我事先向書店報備過，今天整天都不排班。我要利用這些時間去補習班聽課。

今天也有課。

我騎著自行車趕往補習班。

一方面也是因為成績下滑，所以我聽課格外用心。

我想應該比平常來得專心。

不過，我覺得這樣還不夠，所以在下課鐘聲響起的同時，我再次開始思索有沒有什麼轉換心情的契機。

代替打工排進來的補習班課程也到今天為止，情況刻不容緩。

契機就在我正要從補習班回家的時候來了。

看到它的瞬間，我有了「就是這個」的念頭。

我在出入口附近的布告欄上看見一張海報，於是停下腳步。

它偶然落入準備直接回家的我眼裡，上頭以頗具震撼力的字體這麼寫著——

「暑期集中衝刺合宿」。

似乎是有提供住宿的考前集中衝刺。

我完全不記得它是什麼時候貼出來的。然而，會在今天的這個時候看見，不就代表我自己很在意嗎？

引起我注意的是「集中」二字。

這次期中考成績不佳的原因，毫無疑問是集中力不足。

自從和綾瀨同學分到同一班之後，不管做什麼都會意識到她。最近這些日子甚至連沒事時也會心浮氣躁，只要待在同一個地方目光就會追著她跑。在家沒見到面的時候，一旦意識到她在隔壁房間就會分心。

不是綾瀨同學的錯。但是，如果就這樣待在她身旁，會不會哪天回過神時已經鑄下大錯呢？我總覺得，我已經明白看見考試成績後所感到的不安是什麼。

需要把在意的東西放到伸手也碰不到的遠處——

距離要遠到連「別去想她」這種念頭都不會有。

我看著布告欄的海報，思考暑假的安排。

打工要減少。一來成績下滑，二來我已經是考生。

加上這些多出來的時間就能去補習班。綾瀨同學沒補習，去補習班這段時間應該能集中精神才對。

實際上，今天就有些效果。

不過就金錢方面來說，我實在沒有餘力上更多課。連打工都停掉就更拮据了。

上課還是可以，但是想增加就有困難。要像藤波同學那樣利用自習室嗎？想到這裡，我的腦袋突然喊停。要在大熱天走到擁擠的澀谷站附近把自己搞得很累再念書——效率也未免太差了吧？

我不禁這麼想。

可是這樣下去，待在家裡的時間必然增加。這會導致什麼呢？

和綾瀨同學相處的時間增加。

早上一起床就會見面，中午輪流做飯，傍晚若要休息會一起待在起居室，晚上當然還要坐在同一張餐桌前。

這樣不妙。不，沒什麼不好，反倒應該開心。不過正因為這樣才不能高興。

正常度日的現在就已經是這副德行了。要是不用去學校，從早到晚都待在同一個屋簷下……

我從釘在布告欄上的信封裡拿了暑期合宿的傳單。

為了和綾瀨同學的將來，或許需要暫時保持距離。

我走出大樓，仰望天空，發現雲層很厚。

天氣在不知不覺間轉陰，掠過肌膚的風也帶了點濕氣。有雨的氣息。

我帶著心理準備離開了補習班。

在停車場騎上自行車之前，我拿出手機確認，發現ＬＩＮＥ有訊息。

「……老爸？」

我啟動Ａｐｐ讀訊息。

【臨時有會議。我已經透過亞季子請沙季代勞了。】

嗯？喔，做飯輪班的事啊。

今天是週二，應該輪到老爸。週二我本來有打工，所以由老爸做飯，因此我能去補習班聽課。老爸也知道我會晚回家，如果要找人代替，便只能拜託亞季子小姐或綾瀨同學。可能亞季子小姐也有事，所以已經考完試的綾瀨同學接下了棒子。

也就是說，老爸今天大概也會晚歸，綾瀨同學多半會等我吃飯。

趕快回去幫忙吧。

我這麼想，隨即騎上自行車。

拿著傳單回家的我，情緒有些亢奮。

我穿過澀谷的街道，猛踩踏板往自家公寓奔馳。

看來能在下雨前到家。

我的預測一半命中一半落空。

在最後一刻衝進公寓停車場停好自行車後，我就用ＬＩＮＥ傳訊告訴綾瀨同學我回家了。雖說考試成績已經發下，但她的個性不會因此就興奮地跑出去玩，應該已經到家了才對。

來訊通知音響起，她很快就回了訊息。

【抱歉，還沒弄好。再等一下。】

喔？

有點意外，我還以為今天綾瀨同學沒什麼事。何況她比我先離開教室。

我打開自家門，對屋裡喊：「我回來了。」

沒有回應。廚房的方向有聲響。

我走過去一看，發現綾瀨同學正慌慌張張地準備晚飯。

「啊，你回來啦。抱歉，動作慢了點。我這就弄飯。」

「沒關係，我來幫忙。」

我把背包放回房間，迅速換好衣服，然後來到廚房。

雖說要幫忙，但也不能插手太多。

既然分攤了，就要盡量遵守原則，這是我們商量好的規矩。當然我們也考慮過是不是別管這麼多，讓有空的人負責就好。不過臨機應變互相幫助雖然很好，卻有毀掉輪班制的危險。

習慣很可怕，讓人家幫了一次忙就會期待人家下次也幫忙，要是人家不肯還會嫌對方無情。

正因為替彼此著想，才更應該維持一開始決定的方針。

所以，晚飯由換了班的綾瀨同學來做，我頂多當個助手，這樣才算得上健全。

好不容易搞定之後，我們坐到餐桌前。

「我開動了。」

相對而坐的我和綾瀨同學合掌說道。然後享用遲了些的晚飯。

今天的菜單是味噌湯、菠菜油豆腐煮物、奶油菇蕈鮭魚，還有白飯與醃蘿蔔。

乍看之下很難明白，其實這桌菜用了不少省時技巧。唉，要不是我也有幫忙，說不定根本不會注意到。

首先用味噌湯潤潤喉。

我喘了口氣。為什麼不是冬天還會有這種動作呢？純粹因為味噌湯很燙嗎？

湯料是海帶芽和大蔥。

海潮味溫柔地漾開。好喝。

海帶芽只需要丟進水裡，大蔥是冷凍的不用費什麼力氣。冷凍會讓味道變差，所以綾瀨同學傾向用新鮮蔬菜，不過這回在方便和味道之間她好像選了前者。

只要把買回來的大蔥切好後丟進夾鏈袋冷凍，就能在想用時拿出來用。確實，雖然和新鮮的有些不同，但依舊相當美味。

接著，我的筷子伸向菠菜油豆腐煮物。

往油豆腐輕輕咬下，由白高湯和鰹魚露結合而成的湯汁便從中溢出。菠菜也柔軟好入口。

這道菜看似簡單，卻需要經驗。

綾瀨同學把事先燙過的菠菜和已經切好的油豆腐放進小鍋子裡，再以目測加入調味料，然後在適當的時間關火把它放到涼。好像是因為煮物要等涼了之後才會入味，要抓準關火時機，讓它在別道菜做好時降到適合入口的溫度，這種事我實在做不到。

綾瀨同學表示這很簡單，因為只是把食材丟進去而已。

有經驗的人往往會忘記，自己的理所當然並不是別人的理所當然。

至於我也能做到的「簡單」……沒錯，頂多就是這道奶油菇蕈鮭魚。

我夾起一塊鮭魚肉，搭配菇蕈送入嘴裡。

充滿醬油和奶油的香氣。我立刻配了一口白飯。菇蕈是鴻喜菇，即使加熱過也有脆脆的口感，很討人喜歡。

今天的主菜是個很出色的白飯小偷。

真令人驚訝。沒想到這麼好吃的一道菜能用微波爐做出來。

沒錯，我之所以也能做到，是因為微波爐。

一般似乎是用平底鍋或烤盤，不過今天是省時日，沒它們的事。更何況，如果做得太多，就超出「幫忙」的範疇了。

省時，而且簡單。

讓我實現如此任性要求的，就是這份「微波爐輕鬆搞定！奶油菇蕈鮭魚食譜」。

綾瀨同學記下的食譜多得讓人驚訝。

在「想要做得像樣一點」的同時，也維持在能實際做到的範圍之內，這同樣很符合她的作風。

我頂多就是遵照她的指示在適當時間微波而已。切菜和調味也是她處理的。儘管如此，卻符合我的口味，鹽分和油量都恰到好處。我明明從來沒有要求得那麼細膩過，她究竟是在什麼時候抓到了我的喜好呢？

吃著熱騰騰的白飯，就會想來點冷的東西。這時候就輪到醃蘿蔔表現了。爽脆的口感和白米飯成為對比，為這頓美好的晚飯增添了色彩。

綾瀨同學做的飯果然好吃。

就在我享受晚餐時，綾瀨同學突然開口。

「馬上就要……滿一年了吧？」

我停下筷子。

這是在說什麼呢？啊。

我們相遇，然後共同生活，已經過了這麼久。

「當時我吃了一驚呢。以為來的會是個小學生，沒想到是同齡的女孩子。」

「的確有這回事呢。」

綾瀨同學苦笑。

鐵定是想起剛認識那時候的事了。

不喜歡拍照的她，只有小時候的照片，而且亞季子小姐不小心忘了解釋。所以我當時以為有了個相差好幾歲的妹妹。

「我啊，當時已經有心理準備了。」

「心理準備？」

「和沒辦法溝通的人一起住。所以我很慶幸來的是你。來了一個願意接受磨合的人，真是太好了。」

「我才……」

我頓時驚覺。

『我對你沒有任何期待，所以希望你也別對我有任何期待。』

第一次見面時，綾瀨同學是不是這麼說的？

不要期待對方，並且和對方商量好維持適當的距離。我們當初的磨合，應該是這樣才對。

我發現，這和晚餐輪班問題一樣。

6月1日（星期二）　淺村悠太

不逾越各自的領域，才能維持分寸。不過，正因為不逾越，才少不了對話。

我們就是這樣建立起現在的關係。

能夠做到家事分擔，更重要的現況卻說不出口，這實在太可笑了。

說不定，我疏忽了溝通。

此刻，我再次有了這種感覺。

「綾瀨同學，我說啊……」

我放下碗筷。

然後，把最近的焦慮全部向她坦白。

升上三年級分到同一班之後，集中力總是不足。沒辦法改變現狀。成績不佳。更重要的是，即使有了這些問題，卻仍下意識地假裝沒看到。

綾瀨同學也放下筷子聽我說。

大致說完後，她緩緩開口。

「我也一樣。」

「咦？」

「成績退步、上課時打瞌睡……」

令人驚訝。我甚至懷疑自己聽錯了。

上課打瞌睡？在外面向來全副武裝的綾瀨同學會這樣？

「沒試著磨合這點，我也一樣。」

我都沒注意到。不，根本無法注意。我滿腦子都在想自己的事，根本沒有餘力顧及綾瀨同學。想不到她也在煩惱。

「不過，如果是到昨天為止的我，想必就算磨合也不會順利。其實……」

她開始說起今天發生的事。

放學後，綾瀨同學去了一趟月之宮女子大學，針對自己近來的不順找工藤副教授諮詢。

「我希望你也聽聽我所聽到的那些，然後和我一起思考。」

於是，她開始談起自己和工藤副教授的對話。

關鍵字是——共依存。

6月1日（星期二）　綾瀨沙季

放學回家途中。我從大樓之間的縫隙仰望天空。

上課時明明那麼蔚藍，現在卻多出了白雲。

天氣轉陰，一陣風吹過就會讓人起雞皮疙瘩。我不禁摩擦了一下自己伸出衣袖之外的手臂。

感覺有點涼，會不會下雨啊？

我低下頭，在人行道上看見一根裂開的路樁，覺得礙眼。

於是我踢了它一腳。

……好痛。

相當痛。

「我在幹什麼啊……」

在人家聽到之前，風已將脫口而出的話語帶走。

站前鬧區。走在路上的我，還沒從考試成績帶來的打擊中恢復。
今天所有打完分數的答案卷都發回來了。除此之外，包含全學年平均分數和偏差值等各種數據的成績單也發下來了。
退步了。
名次和平均分數都是。
比二年級時還要差，讓我眼前一片黑暗。我害怕到連淺村同學都不敢看，逃跑似的離開了教室。
「為什麼……」
嘴巴上這麼嘀咕，但原因我自己一清二楚。
我本來不想把它當成原因，然而事情變成這樣，已經不能不面對了。
原因是淺村同學，名叫淺村悠太的人科人屬哺乳動物。
說得更精確一點，是我太軟弱，以致於注意力都被他吸走。
義兄的存在影響到了我念書的集中力。沒錯，也可以說和淺村悠太共度的義妹生活就是一切的原因……冷靜點，沙季。
冷靜下來，不要慌。

6月1日（星期二）　綾瀨沙季

不能毀掉媽媽他們現在的生活。

這兩個都有孩子明年要考大學的單身父母，並不是在完全不顧慮孩子的情況下走到同居這一步。媽媽就告訴過我，如果我沒辦法接受，他們也可以分居到我們畢業，甚至等到我大學畢業再結婚也行。真要說起來，還是我自己再三強調畢業後就要獨立生活，告訴媽媽也只需要堅持一年半，才降低了兩人對於結婚的心理障礙。

我希望媽媽得到幸福，不希望她為了我而延期或放棄。我是考慮過風險之後才跟著媽媽來到淺村家的。

正因為這樣，我才對淺村同學強調自己對他沒有任何期待，希望他也別對我有任何期待，想要和他保持距離。

明明是這樣的……

為什麼明明是自己的心情，卻沒辦法隨心所欲地控制呢？

「怎麼辦……」

我不想抱著這種心情回家，於是難得地走進一間在路邊看見的速食店。一個人穿著制服走進這種店，說不定還是人生頭一回。我捧著自己點的熱咖啡坐下，手肘撐在桌上，一邊小口小口地吸著茶色液體一邊思考。

整理一下現在的狀況，檢討究竟為什麼會演變成這樣。

現在的狀況——身為應屆考生，成績卻退步了。

我在腦袋裡進行審判。

原告：我。被告：我。旁聽人：我。法官當然也是我。

罪名是學力低落。

首先由原告方檢察官說明起訴事實。

——原因是淺村悠太！應該抹消他的存在！

——我有異議！

被告方的辯護律師喊道。

法官拿起小槌敲了幾下，要求全場肅靜，並且催促檢察官說明詳情。

全場包含旁聽席在內都安靜下來，所有人一臉認真。雖然全都是我。

檢察官發言。

——綾瀨沙季對於學業的集中力明顯有所下滑。

沒人提出異議。事實如此。

——原因是淺村悠太。他在腦內揮之不去，導致眼前教科書的文字開始跳舞、手裡的筆停下動作，海馬體怠工！

場內頓時喧鬧起來。海馬體是什麼——旁聽席那個七歲的——生父還很溫柔時的我一臉疑惑，因為生父沒善待母親而早熟那個十三歲的我則是「誰知道？」地聳聳肩，十七歲的我在旁邊解釋：「海馬體就是大腦的一部分，用來判斷記住的東西需不需要一直記下去。」

簡單來說，就是偷懶沒去記。檢察官只是把它講得很難懂而已。大人物都愛用些艱深的詞語。

順帶一提，這回也沒人提出異議。到目前為止，似乎每個綾瀨沙季都同意。

——如上所述，被告在學業方面集中力低落的情形十分明顯，原因一清二楚。和學業相比，被告更在乎淺村悠太。

說到這裡，檢察官瞪了被告方一眼。

辯護律師則瞪了回去。

法官轉向辯護方。

——你承認檢察官的指控嗎？

辯護律師回答。

——我承認。

咦！我在內心發出慘叫。承認了？這……呃，嗯，的確是在乎。畢竟是……喜歡的對象嘛。

——但是，法官！

辯護律師開始反駁。不錯喔。

——被告發現自己愛上淺村悠太是在……

愛、愛愛愛、愛上？我又一次在心裡發出慘叫。居然用這麼令人難為情的詞。在思緒法庭裡旁聽的我，羞得手足無措。

法官拿起小槌敲了一下，生氣地說：「肅靜，綾瀨沙季。」

為什麼我會被自己罵啊……

——繼續。綾瀨沙季意識到自己愛……更正，產生愛慕之情的時間，遠比升上三年級要早。如果原因在於她對男生抱持那種感情，那麼成績早就該退步了才對！

辯護律師邏輯清晰、滔滔不絕。這位辯護律師腦袋真好！雖然是我。

於是我自己也發現事有蹊蹺。

成績退步是升上三年級之後……為什麼會這樣呢？

檢察官大喊：「我有異議！」

——我沒說原因是愛慕之情。

我倒抽一口氣。

儘管是自己的思緒，我依舊屏息等待檢察官說下去。

——造成這種狀況的原因何在，顯而易見。情況是從報告升上高中三年級開始變得嚴重，換句話說是被告周圍的環境變化所致。

啊，嗯，確實。

——被告綾瀨沙季在二年級後半和淺村悠太確認兩情相悅，可以視為從這時起締結了情侶契約。

情情情、情侶——在我說完之前，法官已經拿起小槌敲了一下。

是，我閉嘴。

——然後在巴拉灣海灘吊橋上擁抱、接吻，甚至在同一張床上相擁而眠。這裡有個問題要問被告。

流彈飛過來了。

——不小心睡著的隔天，妳的狀況如何？

6月1日（星期二）　綾瀨沙季

我回溯記憶。和淺村同學一起睡著的隔天……沒錯，可以說是人生第一次在上課時睡著。真是不小心。果然學力低落是——

——不對。我問的不是學業，而是妳的狀況。

欸？喔，沒錯，記得那天一整天狀況都不太好，打工也一直出錯，回到家以後還戴著耳機睡著了。因為睡意實在太強烈，不得已只好早早上床睡覺。

——被告似乎刻意想要遺忘，但是綾瀨沙季當時處於嚴重的睡眠不足狀態。

我倒抽一口氣。

——因為升上三年級之後沒辦法集中精神，念書進度落後，因此花在課業上的時間逐漸增加。即使坐在書桌前用功到深夜，還是念不完。

啊……

——當時被告處於什麼時候在上課中睡著都不足為奇的狀態。儘管如此，卻依舊撐到那一天。那麼，為什麼會在那天睡著呢？

啊，不行，推論逐漸走向我不想知道的結論。不行，不要說不要說不要說不要說不要說不要說……

——因為被告在前一天和淺村悠太擁抱，得到了內心的安寧！

啊。

啊啊。

——嗯，說穿了，就是得到機會喘息，整個人鬆懈下來了對吧！

檢察官不屑地指著被告席的我。

不要用手指人，小心我咬下去喔。被逼到絕境的我瞪著檢察官，腦袋裡都是這種念頭。雖然兩邊都是我。

然後連辯護律師都聳聳肩說道。

——啊，對，同意。

同意什麼啊！

——大意了對吧～鬆懈了對吧～於是累積的疲勞一口氣湧上來了。就是因為這樣才會狀況不佳。

等一下，為什麼檢察官和辯護律師都在指責我啊？

法官推了推眼鏡。

——嗯？所以說，得到了怎樣的結論？

檢察官和辯護律師同時開口。腦內法庭左右兩側傳來完全一樣的話語。

——結論一清二楚。

——淺村悠太對於被告來說，相當於奈勒斯的毛毯！要裹著才能安眠，不在身邊就會不安得難以入睡。被告和淺村悠太升上三年級以後分到同一班，可以說距離更為接近了。在這種情況下，交流卻比二年級的時候來得少。長期處於缺乏安眠枕——淺村悠太的狀況，導致她睡眠不足，引發在課業方面集中力低落的異常狀態。被告有嚴重的淺村悠太不足問題！

淺、淺村悠太不足？

聽到檢察官和辯護律師的發言，旁聽席傳出「喔～」「真沒辦法。」「原來如此啊！」的聲音，七歲綾瀨沙季、十三歲綾瀨沙季、十七歲但還不認識他的綾瀨沙季都深深點頭。

沒人提出異議。全都接受了這個結論。

怎麼會，騙人的吧？

……不過，如果是真的該怎麼辦？

我的集中力低落是因為嚴重的淺村悠太不足嗎？講得更直接一點，就是擁抱、接吻、陪睡之類的不夠？如果充分攝取就能恢復二年級時那樣嗎？

但是檢察官接下來的發言出乎意料。

──我建議該從綾瀨沙季手裡拿走「奈勒斯的毛毯」。

──和淺村悠太訣別！

為什麼會變成這樣啊！

啊。

我不禁用雙手摀住嘴巴。咦？我剛剛沒有在現實世界大聲喊出來吧？我睜開眼睛，戰戰兢兢地環顧店內。還好，沒人往我這邊看。看來我只有在腦中大喊。心臟狂跳的我，把手中剩下的咖啡喝乾。

自己腦袋裡得出的恐怖結論讓我嚇了一跳。

只要淺村同學不在──我剛剛是這麼想的嗎……？

叮咚！

來訊通知聲讓我回過神來。

手機收到訊息。一看之下，發現是真綾用ＬＩＮＥ傳了訊息過來。

【沙季，久不見～♪近來可好？偶爾可以來找我諮詢一下喔～♪汪汪♪】

……真綾這人真是的。

看見和微笑小狗貼圖一起傳的訊息，我不禁笑了出來。她究竟感覺到什麼啦？時機未免抓得太準了。

我好想找她商量。能夠讓我安心談話的同性朋友，只有真綾。

可是，她和我一樣是考生，我不想給她帶來負擔。

該怎麼辦才好呢？

如果不想辦法解決這個問題，根本不可能考進月之宮女子大學。有沒有願意提供諮詢，又不會讓我心痛的適合對象呢？

……不可能，哪來這麼方便的人？現實世界根本不存在故事裡那種遇到困難時會來幫忙的救星。

這時候，我腦中突然閃過某個人。

說不定……我翻找書包。折起來的筆記用紙塞在底下，上面寫著一個簡短的電子信箱。沒弄丟。

是月之宮女子大學讓我想起來的。之前校園開放日參觀那一次，工藤副教授對我說過：『有什麼煩惱就聯絡我。』

我下定決心，試著傳訊息過去。接著，打算先回家的我站起身，手機卻響了。

是收到訊息的聲音。
心想「該不會……」的我看向手機，居然是工藤副教授傳來的。
「連五分鐘都不到……」
於是我坐回椅子上看訊息。
『我在之前的房間等妳。』
……啊？
咦？這是怎樣，該不會是叫我過去吧？
就在我不知所措時，來訊聲再度響起。
『要不然，妳和那個叫淺村的一起來也行。』
「不會吧……」
我連忙檢查自己傳的訊息。但是，不管檢查幾次，都只看到「有事想要商量」，完全沒提到淺村同學的名字。
為什麼會知道啊？
我把空了的咖啡杯放到托盤上，起身離席。

6月1日（星期二） 綾瀨沙季

我下了電車，通過剪票口。

帶有濕氣的風糾纏不清。

梅雨季還沒到，但是陰暗的雲層看起來隨時都會灑下銀色水滴。希望在抵達之前不要下雨。

仰望灰色天空的我，就像敗給了厚重雲層的壓力似的低下頭。

對於我此刻浮動的心思來說，只剩下堅硬的柏油路面能夠依靠。我看著馬路，加快了腳步。

然後抵達曾進過一次的大學校門。

不過，今天是沒有特別活動的平日。

和校園開放日時不同，並未處於歡迎校外人士參訪的模式。沒有看板，也沒有任何像我這樣穿著高中制服的學生。

導盲磚從紅磚色的門朝校內延伸。守衛就站在門後不遠處，睜大眼睛盯著踏入校內的人。

真的可以進去嗎？

口袋裡的手機再度傳出來訊通知音。我拿出來一看，隨即見到工藤副教授傳來已不知是第幾封的訊息，上面寫著，要是碰上守衛盤問，就亮出這封訊息請他放行。

我不禁左顧右盼。該不會有人在監視我？儘管明知不可能有，但是對方的預測準到讓我只能這麼想，背後不禁有股寒意。

我下定決心往裡面走，卻停下了腳步。

一群大學生從門內走出來。

我連忙讓到一旁，避免撞上。

那群走出校門的大學生在道別後各自散去。我鬆了口氣。

「妳來我們學校有事嗎？」

我大吃一驚，以為心臟要從嘴巴裡跳出來了。

回頭一看，兩個有點眼熟的……方才那群大姊姊裡的其中兩個，一個長得特別高的女生和一個像小動物的嬌小女生站在我面前，盯著我看。

「啊，呃……」

「這身制服，我有看過耶。」

高個子女生以略帶沙啞的聲音說道。

「水星啦。」

旁邊的嬌小女生回答。

「嗯？我沒在說筆喔。」

「不是啦不是啦。小靜，別耍笨了，我沒有在講什麼油性水性啦。還記得嗎？水星高中。在東京另一邊，學生頭腦很好的高中。」

她在說「那邊」的同時指著車站方向，不過很遺憾，車站雖然在那邊，但是水星高中在反方向。

眼前的嬌小女生看起來輕輕柔柔，很需要人家保護，和她旁邊那個身高看上去有一百七十公分的女生形成完美的搭配。

高個子女生聽到之後，「原來如此」地點點頭。

「所以，妳來我們學校有什麼事啊？今年的校園開放日應該還沒到耶？」

「啊，那個……不是啦。呃，那個……我是被……那個……工藤老師叫來的。」

我戰戰兢兢地把這句話說出口的瞬間，眼前兩人的表情有了戲劇性的變化。

「啊～」

「好可憐。」

咦？咦？咦？

「原來是這麼回事了解，我們帶妳過去。」
「咦？啊，沒關係。那個……我知道怎麼走。」
「怎麼會這樣？原來已經搞上了嗎！」
「小靜妳啊，妳的用詞！」
兩人說著就一左一右把我夾在中間。咦？先等一下。
「唉呀，別客氣。有我們陪同比較容易過關吧？」
「沒錯沒錯。不用客氣，放輕鬆放輕鬆。」
「碰上工藤老師的實驗動……客人怎麼能不帶路呢？」
「嗯嗯。」
那個……妳們剛剛是不是說「實驗動物」啊？
「等、等一下，拜託不要抓那麼緊。」
她們一左一右牢牢抓住我，就這樣把我帶進校內。
路線和上次一樣。
工藤副教授的房間也沒變。帶我過來的兩人，就在門前和我道別。根據途中所聽到的，她們好像都是由工藤副教授指導專題的學生。無論如何，能夠順利來到這裡都是多虧她們帶路。感激不盡。何況她們還是出了校門之後特地折返。

雖然她們都在講些令人不安的話。

像是「如果出了什麼事要馬上逃喔」、「為了確保逃跑路線，別讓工藤副教授擋在自己和門中間喔」之類的。

工藤老師是殺手之類的嗎？

我在門前反覆深呼吸。都來到這裡了，事到如今也不能回頭。

敲三下門。

沒有回應。

咦？

我試著轉動門把。

門沒鎖。

……只是暫時離開？我將門稍微打開一點，觀察裡面的樣子。

「那個……有人在嗎？」

還是沒回應，從門縫沒看見任何人的身影。不，慢著。沙發另一邊，在桌子和椅腳之間是誰的腳？光腳，躺在接近窗戶的地板上，能看見白袍的下襬。

有人倒在裡面？

我連忙開門進去，快步繞過桌子。還沒看到長相我就認出來了，這人正是工藤副教授。

「沒事吧！」

「嗯……？」

她面朝右側臥於地。

睜開眼睛後，先打了個呵欠——呵欠？

「那、那個……」

「沙季同學。妳電車坐過站了，對吧？」

「咦？」

工藤副教授緩緩起身，拿出放在口袋裡的右手，手裡握著手機。她把手機放到桌上，拍了拍白袍的表面，然後伸個懶腰。

「嗯～」

「老師剛剛在睡覺啊？」

「要我說早安嗎？早安。」

果然在睡覺嘛。

這人真是我行我素。

「喔，早安。」

「嗯。總之，坐吧。」

她用眼神示意我坐到沙發上，校園開放日那次來訪時我好像也坐在那裡。

「來杯咖啡吧，可以提神喔。」

「我就不用了。而且我剛剛才喝過咖啡。」

「那麼，像上次一樣喝紅茶就行了吧？不，我這裡有好東西喔，是玉露。」

說著，她打開一個看似掃除用具櫃的櫃子。那是個放了許多文件的櫥櫃。其中一格不是文件，擺的是茶具和茶葉。

……還真是自由啊。

「玉露很貴吧？」

「這是茶包。」

「……便宜嗎？」

「以茶包來說算貴吧。喝過玉露嗎？」
「喝過是喝過。不過難得的高級茶，弄成茶包總覺得很可惜……」
「從『嗜好品要連同氣氛一起享受』的觀點來看或許很可惜，不過成分沒什麼差別。這東西很方便，所以我常用。」
在說話的同時，工藤副教授的雙腳也沒停下。她拿快煮壺煮開水，把紅茶用的茶杯溫過之後，才拿玉露茶包泡茶。
她將兩杯茶放到沙發中間的玻璃茶几上，接者又從櫃子裡翻出某樣東西，看起來是零食的包裝袋。她拆開包裝，直接攤在桌上。是洋芋片，鹽味的。
「茶點。」
「……啊，好，謝謝。」
工藤副教授在我面前蹺起那雙修長的腿，我下意識地看向她的腳。
「為什麼是涼鞋？」
「因為很熱啊。」
她一副理所當然的表情。
「那麼，老師是因為很熱才會躺在那種地方嗎？」

「不，那又是出於別的理由。小小的好奇心。」

「好奇心？」

「沒錯。妳想想，情侶睡覺的時候，都會面對面不是嗎？」

「是這樣嗎？」

「否則連接吻都沒辦法喔？」

接、接吻……怎麼突然扯到這個啊？

「所以說呢，一人是左側朝下，另一人則是右側朝下。說不定，男女之間壽命與健康方面的差異也和這點有關——我突然有點在意。」

「這、這樣嗎……」

這是什麼意思啊？大概是從表情看出我很困惑吧，工藤副教授露出一副「真拿妳沒辦法」的模樣開始解說。

工藤副教授是這麼說的。一般來說，睡覺時的姿勢會對人的身體狀況造成不小的影響，如果有心臟的左側朝下，自然而然會壓迫到心臟，對心臟造成負擔。假如反過來以右側朝下，則有可能壓迫到腸胃，導致消化不順。

真的嗎？我是不是被騙了？

「不過，據說人一個晚上會翻身好幾次對吧？」

「是啊，如果一個人躺在大床上，就會這樣。不過，要是夫妻睡在同一張床上，又會如何呢？」

「如何……應該會撞到。」

「對吧？」

「嗯。」

原來如此，翻身有可能受到限制。

「懂了嗎？在受到限制的環境下睡眠，和一個人可以隨意翻身的睡眠，兩者對身體造成的影響或許會有所不同。」

「我明白老師的意思了。」

「舉例來說，睡在同一張床上的夫妻各自會睡在哪一邊，抽樣調查後，說不定得出的結論並非完全隨機，而是有特定傾向。」

「但真要說起來，有類似『男性睡在床的哪一側機率較高』的統計數據嗎？」

機率上是二分之一，雖然或許有能不能自由翻身造成的差異，不過男女應該沒什麼差別吧？

「男性比較常睡在床的左邊，應該吧。」

「根據呢？」

「面對面睡覺的情況下，睡在左邊能自由活動慣用的右手！妳不覺得這對男性來說很重要嗎？」

是這樣嗎……？

稍微思索之後，我想到，那天和淺村同學一起睡著時、之後醒來時，都是在他懷裡。換句話說，當時我們都沒有翻身。

——我當時是哪一側朝下？

——等等，我在想什麼啊？

哪、哪一側都無所謂吧。

工藤副教授似乎沒注意到我內心的動搖，愉悅地繼續解說。

「雖然不曉得有沒有就是了……一直以來，人們認為某些身體不適的原因在於男女差異。但如果有這種傾向存在，便代表原因其實來自婚姻生活——我的研究不就能帶來這樣的發現嗎？」

……一般來說會聯想到這裡嗎？

「道理我懂……但總覺得缺乏根據……」

「嗯，畢竟是臨時想到的嘛。我打算改天找找有沒有相關的論文。」

「還要找論文啊。」

真不知道這人是熱心研究還是吃飽太閒？

「我願意退讓，承認這種說法有理。但是有必要在地板上睡覺嗎？」

「躺下來思考後，覺得地板冰冰涼涼的很舒服。」

「於是不小心睡著了。」

「我差不多有五分鐘失去意識。」

這藉口也太隨便了。

「這要怪妳遲到。不但電車坐過站，從校門走到這裡還花了五分鐘以上。」

「為什麼會知道我坐過站？」

「只要根據水星高中的地點和訊息來的時間推測放學後妳人在哪裡，就能猜到會從哪條路線來。妳沒在應該抵達的時間到，所以我判斷，不是電車坐過站就是在校門被警衛攔住。」

「於是傳了訊息過來。」

「沒錯。」

然後在我走來這裡的五分鐘內睡著了。

「唉……算了。那麼，關於我傳的訊息——」

工藤副教授露出燦爛的笑容。她將雙腿換了個方向蹺，挺起胸膛擺出「來吧，別客氣」的模樣。

「告訴我吧。讓我聽聽綾瀨沙季的煩惱。」

我說了。

和淺村同學的關係，以及集中力低落和成績退步的事。

明明知道將問題拿出來互相磨合才是理想的解決方法，我卻做不到，只有焦慮帶來的無形壓力不斷累積，導致自己的表現變差……差不多是這樣。

聽完之後，工藤副教授表示想聽聽我的成長歷程。

我本來不太願意說，不過最後還是把生父與母親的關係，以及自己對這件事的看法，一點一點地說出來。

儘管我已經把覺得無關的部分省略，依舊花了不少時間。部分原因也在於我不太習慣像這樣坦白。

大致講到一個段落後，工藤副教授閉上眼睛，雙手在腿上交握，一動也不動地陷入了沉思。

她宛如雕像一般毫無動靜，如果不是偶爾能看見睫毛在晃動，會讓人以為她是不是變成石頭了。

「嗯……」

「那、那個……」

工藤副教授緩緩睜開眼睛。她就這樣抬頭望向天花板，口中喃喃自語。

聽不清楚她在講什麼。

「這就是妳現在的煩惱嗎，綾瀨沙季？」

「是的。」

我在沙發上坐正。

工藤副教授直直盯著我看，視線簡直像是X光之類似的，有種整個人被剝光的感覺。

「沙季同學。」

「是。」

「我將來的夢想，就是在當個ＲＰＧ裡的村莊長老。」

「啊？」

這人在講什麼啊？

「落語裡的長屋老人。當阿八、熊哥、與太郎這些人來諮詢時，給些不知道派不派得上用場的建議，擺出一副什麼都知道的模樣講些廢話的那個老人家。」

「原來不是只提供派得上用場的建議啊……」

找這種人諮詢沒問題嗎？

「這是當然的吧？什麼長老啦、隱居老人啦，不過是活得久一點，知道一些陳年舊事而已。」

「這樣好嗎？」

「要是只因為想知道有什麼好名字能祝自己的孩子長壽，就去找古文和歷史方面的專家，會給專家添麻煩吧？現在又不像以前那樣附近就有寺廟能問和尚。這種時候把壽限無壽限無告訴父母就是長老的職責嘍。諮詢者想要進一步了解專業知識的時候，才該去找專家。可以讓蘿蔔片看起來像魚板、醃黃蘿蔔看起來像煎蛋捲，這就叫長者的智慧。」

她在講什麼？

呃，把蘿蔔切成薄片看起來會像魚板？嗯，或許吧。雖然吃起來完全不一樣。把醃黃蘿蔔當成煎蛋捲，這也太勉強了吧，共通點只有黃色不是嗎？醃黃蘿蔔完全沒有煎蛋捲的軟嫩口感。

「原來如此，沙季同學不太擅長國語啊。」

「呃，是啊……」

「有段落語叫『長屋賞花』，妳不妨聽聽看。我喜歡那個故事。啊，這個無關緊要。簡單來說呢，就是我喜歡年輕人來找我諮詢，但是不保證能提供有用建議的意思。」

「我可以回去了嗎？」

「唉呀，別急。剛剛說過了吧？想知道專業知識就要找專家。而以妳的煩惱來說呢，要找的專家應該是臨床心理師。」

「臨床心理師……意思是我該去身心科嗎？」

「這點我也無法斷言。所以，如果認為無法解決，我建議妳乖乖找專家。接下來我是基於這樣的前提，把我所想到的告訴妳。」

工藤副教授以非常正經的語氣說道。

「有種狀態，叫做共依存。」

「共……依存，是嗎？」

共依存——

在戀愛故事裡常常講得像是一種美學，不過實際上和藥物成癮、賭博成癮一樣是種麻煩的症狀。

「共依存這種狀態，就是指對於和特定對象的關係依存過度。」

「對關係依存過度的狀態嗎？」

我聽了還是毫無頭緒。對關係依存是什麼意思啊？

「這種狀態，據說最早是從酒精依存症與家人的關係中發現的。假設飲酒者有一位願意為他犧牲奉獻的親屬。為了酗酒者好，正常來說應該想辦法讓他停止喝酒對吧？」

「應該是。」

「那麼，如果換成『為他準備好喝酒的錢』這種方式呢？」

我試著在腦中模擬聽到的情境。

沒錢買不了酒，但是有人給酒錢就能買酒，於是無法克制自己喝酒的慾望。

「我覺得這很難說得上是為他好。而且……我完全搞不懂，為什麼要做出讓這種依存關係繼續下去的事呢？」

「讓我們照順序來看。酒精依存症患者是對酒精產生依存行為，這妳懂吧？」

「嗯，算是。」

「難懂的部分在後面。我們假設酒精依存症患者為了攝取酒精，會對親屬過度索取酒錢。舉例來說，丈夫是酒精依存症患者而妻子是支援者，或者妻子是酒精依存症患者而丈夫是支援者——哪種都行，我們先假定有這樣的案例。」

「……好。」

「支援者即使為了掙酒錢而窮困到難以生活，依舊持續提供資金讓酒精依存症患者喝酒。這種事很可能發生。因為，只要持續提供資金，對方就會繼續依賴自己。」

「因為對方會繼續依賴自己……？」

「也可以說，能讓支援者感受到有人需要自己。」

「啊，這種說法我好像稍微可以理解。」

有人來拜託自己會覺得心情好，這點我大概能了解。
我基本上不喜歡人家來拜託我，不過思考淺村同學的穿搭時很開心，也感覺到淺村同學需要這種我，這點確實沒錯。
「支援若在適當的範圍內就不會是問題。弟弟找哥哥幫忙、後輩找前輩幫忙，什麼都行，照顧這樣的對象，一般來說不是什麼壞事。有人願意來拜託自己，也會讓人感到開心。」
「願意聽我訴說煩惱的老師也是嗎？」
「唉呀。嗯，我這麼說吧，天底下最大的快感是『只要展現肚子裡的墨水就能贏得尊敬』。」
這種有點像是把自己當壞人的說法，應該是故意的吧。
「回歸正題。但是支援超出限度時就會成為問題。自己的生活已經陷入困境，卻還是為了得到對方依靠自己的快感而持續貢獻酒錢，這種情況可以說支援者已經沉溺在『維持關係』這件事上頭了。」
「意思是，實際上真的有這種關係？」
「似乎是，書上是這麼寫的。之前也說過，我的專業領域是倫理學，這是我把自己理解的部分吸收消化之後再轉述給妳聽。」

「詳情去問專家。」

「沒錯。畢竟就連是否真的處於依存狀態我也無法判斷。不過，理論我大致上算是了解。為了讓對方繼續依賴自己——為了持續這種狀態，不惜毀掉自己的生活。本質和酒精依存症患者沒兩樣吧？可以說是依存於『維持這種關係』。」

「依存於維持關係……雖然依存對象不同，但兩邊都是依存，而且彼此都無法主動停止這種狀態，所以叫共依存，是這個意思嗎？」

「就是這樣，因為兩邊都希望維持這種狀態。對於酗酒者來說，酒錢一直要對方就會一直給，所以無法停止要錢；另一方面來說，支援者給的錢愈多，酗酒者就愈離不開酒，對支援者的依存度也會持續增加——於是兩者的關係會持續下去，愈來愈穩固。」

我聽著聽著，不知不覺間用雙臂抱住自己的身軀。令人毛骨悚然。簡直像是彼此都陷進對方網中，糾纏不清，無法脫身。

「不過，這種情況的問題是對於維持關係做得太過頭。也就是依靠對方的程度不適當。丈夫依靠妻子、妻子依靠丈夫，這沒什麼好非難的。」

我想到媽媽先前說過，現在有太一繼父在，所以身體不舒服的時候可以休息。兩人互相依靠，但我不覺得他們的關係有什麼問題。

「過猶不及。這句話是說，做得過頭和做得不夠都不妥。所以問題在於過度。喝酒要適可而止。」

「我明白老師的意思了。」

「共依存這個詞為人所知以後，偶爾能在戀愛故事裡看見。不過嘛，大多是假的共依存。」

「假的……嗎？」

「我被書腰吸引，試著看了幾本……」

「原來老師有看啊。」

真不知道這人是熱心研究還是吃飽太閒？呃，還是說她喜歡戀愛故事？

「——看是看了，但我看的不是靠旁人的建議解決，就是乾脆地破滅。」

「不合胃口嗎？」

「很有趣喔。特別是其中一本，女主角很符合我的喜好。她的個性壞得很不錯——不，這不是重點。沒有人去看身心科，也沒有人去心理諮商，不是一句建議簡單解決就是連診療都沒有就破滅，害得我看了頭很痛。」

「有依存問題就該去找專家，是嗎？」

「沒錯。我剛剛說了吧？這種事不該找村裡的長老。如果一句建議能解決就不會釀成社會問題啦。唉，畢竟只是給年輕人看的戀愛故事加點調味料而已。」

「這樣啊。」

「尚未成真的階段可以給點建議。如果繼續惡化，就要交給專家處理——以上是我的意見。然後，以你們的情況來看——」

我頓時回神。

對喔，本來是在講我和淺村同學的事。

「缺乏家庭溫暖而渴望愛情的人，有了戀愛對象之後，就會過度索求對方的愛——妳不覺得這種事很有可能嗎？」

我細細品味工藤副教授這番話。

過度索求對方的愛……

所謂的過度，也就是超出一般標準。

「什麼範圍叫一般標準，到什麼地步才是過度？」

「外行人不會明白吧？何況這種事因人而異。喝多少酒才叫做適量，不也是要看人嗎？」

「這……話是這麼說沒錯。」

令人頭痛。

以前工藤老師說過，我可能是因為生父給予的愛不夠，所以向就在身邊的男性尋求缺少的愛情。或許是因為內心深處感到不足，才會有這種反應。

嚴重的淺村悠太不足——腦袋綾瀨沙季審判得出的結論閃過腦海。

這樣啊。必須思考是否真的不夠嗎？

明明已經足夠，卻因為渴望更多而感到不足。也有這種可能性。

「妳認為，綾瀨沙季有過度渴望和淺村悠太的親密接觸嗎？」

「……是『以高中生來說』的意思嗎？」

「當然不是。總之先把『像個高中生』一類的概念忘掉，這不過是統計學上的一種預估。嚴格說來，藥物的適量也會隨體格差異有所改變。藥物的用量欄會寫小孩子服用幾顆、十五歲以上服用幾顆對吧？但是如果到了十五歲，體格和體質還是和兒童時沒兩樣呢？影響體內化學物質作用的，應該是物理與化學的法則，並非人的年齡。」

「也就是說，有『對於我來說的適量』？」

「就是這麼回事。在精神方面也一樣喔。就算大多數人的精神發育路子都差不多，也不能適用於每一個人——即便在建立社會規範時，這些案例只會當成統計學上的誤差。如果長大成人以後，精神的某部分依舊尚未發育，處理那個部分時就必須將此人當成小孩子看待。」

我能夠明白工藤副教授想表達的意思。成年人的肝臟能夠分解酒精，但是酒精對於小孩子來說負擔太大——從這種方向去思考就行了。

對我來說，和淺村悠太的親密接觸真的攝取過度了嗎？

超量攝取的結果，導致我產生淺村悠太依存症，如果無法攝取就會感到鬱悶、不安、失眠、集中力低落……？

不，慢著——

也可能剛好相反？

這種現象是升上三年級以後才有的。況且腦內審判也有提到，升上三年級以後親密接觸反而減少了。如果這是原因，代表有可能不是攝取過度，純粹是不足。

「完全搞不懂……」

綾瀨沙季陷入混亂。

「所以才說，要是情況真的不妙就去找專家。不過我覺得，在那之前要先認清現狀。而且，如果是共依存，妳一個人苦思也沒用。」

我頓時驚覺。對喔，淺村同學也是。

「淺村同學也處於共依存狀態的可能性?可、可是，感覺他沒有我……呃……那麼渴望……因為他是個有分寸的人。」

我一邊說，一邊偷偷打量眼前的女性。

工藤副教授拿起茶杯，優雅地喝了一口茶。

她蹺起修長的腿，將白袍當成斗篷套在身上，慵懶地倚在沙發上——簡直像是西方的王公貴族之類的。鼻梁挺拔、五官端正，睫毛很長。我現在才發現，如果不管剛剛躺在地上而亂翹的頭髮，這位副教授其實是個美女。

雖然這人用茶包喝玉露。

空杯子放到茶碟上的清脆聲音響起。

「這就是可疑之處。」

「欸?」

「想想看。為什麼一個高中男生得到妳這種美女的青睞，卻能始終表現得這麼有分寸？」

這個出乎意料的問題，令我很困惑。美、美女是指我嗎？

「標準的高中男生啊，和發情期的猴子沒兩樣喔。」

猴、猴子？

「這話是什麼意思啊？」

「因為妳主動，所以他不需要採取主動的意思。看樣子，這位淺村悠太同學並不是會積極與陌生人交流的那一類。」

我試著回想淺村同學的言行舉止。

「但是，他很擅長接待客人耶。」

「這算不上反駁。因為對方終究只是客人，被討厭也沒差。」

這點我倒是沒想過。

「擅長接待客人的人分成兩種。第一種，能夠享受與他人的互動，包含失敗在內。另外一種，即使關係建立失敗也不會受傷害，所以能夠放膽去做。」

「意思是，淺村同學屬於後者？」

「就我所聽到的來說像是後者。畢竟他朋友很少吧？」

「唔。」

說、說不定真是這樣。除了常提到的丸同學之外，他看起來沒有比較親密的朋友。而且，也看不出有特別想要結交朋友的樣子。雖然我自己也一樣，所以先前都不怎麼在意就是了。

仔細一想，就算是那位漂亮的讀賣前輩，也沒見過他積極上前搭話，總是前輩調侃他。儘管對我來說正好，因此之前都沒特別去思考這點就是了。

「想要接近心儀的對象，這是種很自然的發展。不過，『主動接近』這種行為，對他來說會不會是種壓力呢？」

「主動接近我是種壓力……」

「淺村悠太這個人，對於不想破壞彼此關係的對象無法積極採取行動，所以他不願改變這種『由妳主動』的關係，即使妳因此過度攝取淺村悠太也一樣。一旦由他主動，他就有責任。他應該會產生『必須自我克制』的心理。因為由妳主導，他只是隨波逐流。不過，這樣對於現在的你們來說正好。這不是很典型的共依存嗎？」

唔唔。

我從來沒這麼想過，可以說完全出乎意料。

不過，沒想到追求獨立生活的自己，居然會陷入「共依存」這種狀態。我不覺得追求愛情有錯，也肯定和淺村同學之間的感情是種幸福。但是，沒想到渴望過度滿足也會造成問題……人際關係為什麼這麼難呢？

「該怎麼辦才好？」

「我也說過好幾次，真的不妙就去找專家。在這個前提下，我給的建議是……」

工藤教授從沙發上起身。

她就這麼繞過桌子——像個殺手一樣來到我背後，手撐在椅背上。能感覺到她的氣息就在背後。她把手從口袋裡拿出來，放到我面前。手裡有樣東西。

鏡子。

那件倫理學用不到的白袍原來不是單純穿在身上，口袋裡還裝了手機、鏡子一類的東西啊？

這人果然是個怪胎。

那面小鏡子上只映出我的眼睛。

「看清楚。」

鏡中的綾瀨沙季盯著我看。

「眼袋很重喔。」

嗚……

眼睛下方有連淡妝都遮不住的眼袋。

這麼一看就一清二楚。這是那個……每天都為了準備考試而念書到很晚……

「去睡覺。先好好睡一覺，剩下的全都等睡飽再說。」

「好……」

工藤殺手再度繞過桌子變回工藤副教授。她看著已經空了的茶杯，露出有點哀傷的表情，然後拿起洋芋片。咬了一口。

「唔唔，和剛開封時相比果然軟了點。」

講完這句無關緊要的話之後，她又像要補充對於洋芋片的感想般說道：

「起床之後，和淺村悠太談一談，重新找出適合彼此關係的距離。如果有必要就找父母一起談。要是還不能解決——」

「就去找專家，對吧？」

「就是這麼回事。嗯，一切都等睡一覺醒來之後再說。」

話就說到這裡。最後沒多補一句「加油吧」，很符合這位老師的風格。

我從沙發上起身。

往窗外看去，天色已經開始變暗了。

「雨……會不會下啊？」

「保險起見，借妳一把傘吧。」

「不用啦，不好意思。看起來只要馬上回去就能避開，而且傘借了之後要還也不容易。」

「交給讀賣同學就好。反正妳們在同一個地方打工嘛。妳想在這種時候感冒，讓事情變得更嚴重嗎？」

「嗚……請借我一把傘。」

走出大學校門時，媽媽用ＬＩＮＥ傳了訊息過來。

太一繼父臨時有會議要開，希望我能準備晚飯。

我回傳「了解」，然後把超市放進回家路線裡。

沒下雨。

抵達公寓時，太陽已經快要完全下山。我回到房間，隨便拿了件衣服換，然後躺到床上。

看著天花板回想今天的事，不知不覺就睡著了。

等到睜開眼睛，已經是淺村同學結束打工要回家的時間了。

我連忙衝進廚房。

可能因為睡了個好覺吧，感覺腦中的迷霧稍微散去了些。

「馬上就要……滿一年了吧？」

晚餐時，我用這句話當開場白。

淺村同學立刻明白，是從我和媽媽來到這個家以後算起。

我們懷念地聊起剛認識那時的事。

然後他先一步坦白。升上三年級後，他的集中力也開始下滑，因此成績退步，而且後悔之前都沒有想到要找我商量。

「我也一樣。」

聽完之後，我這麼表示。

我也一樣害怕磨合。

然後我告訴他，今天放學後自己大膽地去了一趟月之宮女子大學，針對最近狀況不佳一事找工藤副教授諮詢。

「我希望你也聽聽我所聽到的那些，然後和我一起思考。」

接著，我談起自己和工藤副教授的對話。

儘管很長，淺村同學依舊很有耐心地聽完。

說完之後，我們兩個都默不作聲。

各自思考了一會兒……然後淺村同學先開了口。

「真是刺耳啊……」

「咦？」

「『淺村悠太這個人對於不想破壞彼此關係的對象無法積極採取行動』那段。」

「啊，抱、抱歉。」

我把工藤教授講的話原封不動地照搬。不過仔細一想，這種話很失禮。

「不，不用道歉。畢竟她沒說錯。」

「是……這樣嗎？」

「我不認為自己能讓對方一直喜歡我。」

淺村同學垂下頭，這麼說道。

「這……是因為你媽媽那件事嗎？」

「應該吧。就算是那個人，在我很小的時候也是和老爸感情很好。然而不知不覺間，她卻變得對老爸做任何事都有意見了。」

原來是這樣啊……

「可是在我看來，老爸的態度並沒有改變。既然如此，那麼老爸究竟該怎麼做才好？一想到這裡，就讓我不曉得該怎麼接近不願毀掉彼此關係的人。既然如此，倒不如乾脆別建立什麼密切關係還樂得輕鬆。」

「這……可是，這樣很可惜耶。想想看，你和丸同學很要好對吧？還是說，你覺得這段關係遲早會毀掉？」

「或許會。」

聽到他擠出這句話，令我一陣心痛。

「這……」

「我很害怕，害怕被人家討厭。與其毀掉彼此的關係，倒不如別交朋友也別交女友——我想這才是我的真心話。所以，我盡可能和別人保持距離，不願積極行動。可是，如果這樣對妳造成了不良影響……我該怎麼辦才好？」

「冷靜點，淺村同學。」

我伸出手，把自己的手疊在他的手上面，然後輕拍他的手背。

「必須道歉的人，其實是我。」

「妳嗎？」

「我想，我也和你一樣。只是採取的行動相反而已。因為對彼此之間的感情沒有信心，才會想黏著你。」

「原來是這樣。」

「我太主動，你太被動。不過，我想這只是現象相反，恐怕我們兩個都疏於和對方磨合。」

「適當的距離感啊……總覺得和去新加坡時沒什麼差別耶。」

我搖搖頭。

沒這回事。我希望沒有。

「現在回想起來，二年級時我們的關係相當穩定。而且後來的互相告白我也不後悔。」

「這點我也一樣。」

真高興聽到這句話。這讓我放下了心頭大石。

「還有，我們在二月底新加坡旅行時講好了吧？要保持自然。」

淺村同學點點頭。

「但是，升上三年級的我們成了同班同學。雖然我很開心就是了。在始業式那一天，我說在學校的相處要維持在同班同學的範圍內。」

對，我想這就是一切的開端。

「提議的人是我。」

我靜靜搖頭。

「不，沒多想就答應的我也一樣。欸，不該只是同班同學的我們表現得像同班同學，這樣算是自然嗎？」

「這麼說……也對。嗯，或許不太自然。」

但是，又該怎麼做才算自然？這正是困難之處。

這樣仔細檢討之後就會發現——

真要說起來，我和淺村同學都不曾對「同學之間的自然相處是什麼樣子」做過磨合。

結果，就是我們在學校的舉止變得很奇妙。

不看對方。

也不和對方說話。

呃，不是互相討厭才會這樣嗎？

不自然過頭了。

「這兩個月，我們就連早安和再見都沒道過喔。」

「別說了。我剛剛才發現這樣到底有多麼不自然。」

「而且，明知道媽媽和太一繼父在家，卻還是接吻、擁抱、抱在一起睡覺……這樣算是自然嗎？」

淺村同學整個人趴在桌上。我懂他的心情。我也很想立刻把腦袋埋進枕頭裡。

他猛然抬起頭。

我不禁縮了一下。

不過，淺村同學並不是要嚇我。

「真糟啊……」

他輕聲嘀咕。

「我們這段時間的行為，是不是很怪啊？」

「應該是。雖然先前都沒注意到。」

「我想也是。雖然先前沒注意到。可是，我們的關係要怎麼修正才好？」

「我有個主意。」

回顧這半年之後，我想到一件事。

「還記得我喊過你『哥哥』嗎？」

我這麼一說，淺村同學便微微低下頭。看見他的表情，我的心就像被刺扎到似的閃過一陣痛楚。

「嗯。呃，去年的……夏天？」

他語帶苦澀。

「對……去泳池之後，所以是夏天。」

為了封住對他的感情，我故意這麼稱呼，要讓自己意識到他是哥哥。

結果——

「那麼做到頭來成了反效果，反而更讓我意識到你的存在。」

「原來如此。我是妳的手機啊。」

「咦？」

我起先不知道淺村同學在說什麼，然後他把某個用到手機的實驗告訴我。

那似乎是個「手機距離愈近，就愈容易因為手機分心」的實驗。為了忽視眼前的東西，人腦需要耗費不少力氣。

喜歡的人就在眼前，卻要刻意把他排除在戀愛對象之外，反而更容易想到他。應該是這個意思吧。

「我想是這個意思。」

「不過，這也就表示稱呼能夠對人的意識造成影響吧？」

我這麼說完，淺村同學立刻點頭。

「想要適當的距離，就需要選擇適當的稱呼。」

「嗯。我的腦袋似乎把『哥哥』翻譯為『絕對不能喜歡上的人』。不過，那個時候我已經喜歡上你了，所以很痛苦。」

「代表那不是個好稱呼。」

我點頭。

「現在的問題，大致上可以分成兩個。在學校時彼此的距離遠得不自然，以及在家裡時距離近得不自然。」

「兩者都很麻煩呢。」

「我覺得，我們是否形成共依存關係，等到試著維持適當的距離感之後再判斷也不遲。」

淺村同學點點頭。

「欸，情侶之間會怎麼稱呼彼此啊？」

「這……要看人吧？不過嘛，用名字稱呼的應該比較多。」

像這樣立刻就想要用邏輯解釋，也是他的風格吧。不過，開始理性分析之後，淺村同學先前那種帶有迷惘的感覺就消失了。

他開始陳述他的理論。

「在我看來，用名字稱呼，表示將對方當成一個有獨立自我的個體。姓氏代表所屬的血緣集團，名字則是個體的識別名稱。畢竟戀愛的對象不是家庭，而是個人。」

「這麼說……也有道理。」

至少在現代日本是這樣。結婚不是嫁給家庭。當然，這是指在理想情況下應該要這樣。

而我也同意淺村同學的看法。冬天拜訪淺村同學老家時，就有這種感覺。啊，在這裡的人全都是「淺村」呢。所以喊出「淺村」時，恐怕大家都會轉頭吧。好多淺村。

不過，我想要以適當距離交往的對象是淺村悠太。

「如果是這樣，那麼要自然地表現得像一對情侶，就不會喊『淺村同學』，而該喊『悠……』呃，『悠太同學』才對。」

「以我來說，大概就是『沙季同學』吧。」

明明已經被人家喊過許多次，但是他一說出「沙季」這個名字，就讓我心裡輕飄飄的，感覺好溫暖。只不過讓他用名字稱呼，居然就這麼——

先前的心情不曉得上哪兒去了？此刻的我大概是在傻笑吧。

我輕咳一聲後才開口。

「在學校必須縮短距離，我想我們應該可以先以這點為目標。你覺得怎樣？」

「說的也是。反正……在學校也有人用名字稱呼女生。」

「咦，有這種人嗎？」

「有……是有啦。這樣啊，妳沒注意到。」

聽到淺村同學這麼說，再次讓我體會到自己對於別人的言行是多麼地不在意。以前我總覺得，只要我能管好自己，周圍的人怎樣都無所謂。

「原來是這樣……那麼，得製造一個用名字稱呼彼此的機會才行。要是明天立刻改變稱呼，也會顯得不自然。」

「關於這點，我有個想法。」

這回換成淺村同學說出這句話了。

「那是……」

「我回顧這次的狀況之後，有所反省。我明明做不到，卻一直想要自己解決。應該多找別人幫忙才對，就像妳找上大學教授那樣。」

淺村同學說著，露出自嘲的笑容。

「我想我也一樣。要是寫著聯絡方式的那張紙沒留在書包裡，我不確定自己會不會特地去查出來再這麼做。」

「假如換成我，或許連那張紙都不會去找。但是，我覺得這樣不行。我有個這種時候或許能提供協助的人選，打算向他請教怎麼自然地用名字稱呼女生。」

「了解。那麼，那部分就拜託你了。如此一來，就剩下在家裡的舉止……距離得稍微遠一點才行對吧？要不然，我在家裡會想要和你有更多更多的親密接觸。所以——」

我深吸一口氣。

「我想要再一次喊你『哥哥』。」

「這……為什麼？」

「『哥哥』、『妹妹』，是針對立場的稱呼吧？我想，這麼做有助於把自己的處境客觀化。不過……」

接下來才是重點。

「如果只有這樣，感覺就像在否定我們的這一年。這種念頭本身就可能帶來另一種壓力。」

「我大概也一樣。一回想那時候自己的心情，就覺得很可能帶來壓力。不過，那該怎麼辦？」

「所以說，我想了個比名字疏遠一點，但是比哥哥親近一點的稱呼。」

希望淺村同學能接受這個提議。

「『悠太哥』怎樣？」

聽到我的提議，淺村同學想了一會兒之後，輕輕點頭。

「我知道了。可是，那我又該怎麼喊呢？按照工藤老師的說法，我的問題在於無法對不願破壞關係的對象積極行動，對吧？換句話說，我和妳相處時必須更主動……呃，不是不願意啦。」

「我知道。但既然我把距離拉遠，那麼淺村同學——悠太哥想必能自己找出適當的距離感後主動接近，所以不會有問題。」

「我沒什麼自信耶。」

「要靠練習，對吧？悠太哥。」

淺村同學嘆了口氣後抬起頭，無奈地聳肩。

「我知道了啦，綾——沙季。」

「唔。」

「欸？」

「沒、沒事。」

6月1日（星期二）　綾瀨沙季

原本以為後面會加個稱謂，突然直呼名字讓我嚇了一跳。

但我沒說出口，只是曖昧地笑了笑蒙混過去。

心裡小鹿亂撞。

之後，我們繼續吃飯。

還談到彼此將來的展望。

結論是，對於就業依舊只有個模糊的想像，總之先努力考上大學。

為此，那種太令人愜意的過度親密接觸要停下來，以我們原本當成理想的關係為目標。

心情不再那麼沉重，原先的鬱悶似乎都散去了。

從明天起，我在學校是女友，在家裡是妹妹。

新的義妹生活即將開始。

請多指教嘍，悠太哥。

6月7日（星期一）　淺村悠太

六月七日這一天，對於我們家——淺村家與原綾瀨家來說，是比國定假日更重要的特別日子。當然不會有特別為我們把這天設定為假日的方便月曆，但是對我們家來說，至少這天重要到父母都會挪出相聚的時間。

同居滿一年的紀念日。

亞季子小姐以及成為無血緣妹妹的綾瀨同學，就在一年前的今天搬進我和老爸生活的家。

不過，雖說是紀念日，卻也沒什麼特別的變動。除了一家四口到齊這點之外，是個和往常一樣的早晨。起床後在餐桌旁所見到的綾瀨同學，已經洗過臉化完妝做好上學準備。亞季子小姐做的早餐也和上週一一樣，是美味的日式早餐。

我在聞得到烤魚香味的餐桌前坐下。

旁邊是綾瀨同學。正面是老爸。老爸旁邊是亞季子小姐。

這是一家四口的固定位置。沒錯，只是坐在一個以家人來說極為自然的位置。

姑且不論能否放鬆，至少不至於讓人緊張或心慌。

最近這段時間，我太過在意綾瀨同學了。

我感覺自己成了某種曖昧的氣體，會在她的影響下自動有所變化。整個人彷彿在飄，即使想著地也只會變成在空中游泳，失重的感覺令我十分焦慮。

不過，已經沒事了。

即使感覺到綾瀨同學就在身旁，我也能保持冷靜，思緒和視野都很清晰，就連眼前的烤鯖魚看起來都生機盎然。

「可以幫忙拿個醬油嗎——沙季。」

「嗯。來，請用——悠太哥。」

還是有些卡。即使如此，我們對彼此的稱呼依舊已經比上週要順得多了。

以前會在父母面前用「哥哥」稱呼我的綾瀨同學先不提，我的「沙季」一開始非常僵硬，持續練習了好幾天才總算比較像樣。

老爸沒有爆笑出聲，亞季子小姐的笑容顯然也是出於欣慰。

「你們兩個之間的氣氛比去年和緩不少，看來相處很融洽，真是太好了。」

「都過一年了嘛。」

亞季子小姐鬆了口氣，綾瀨同學則是若無其事地給了她回應。

不過說是靠時間解決，卻也經歷了一番實在太過拖泥帶水的緩慢變化，才走到現在這一步。要到了事後回頭，才能用一句「都過一年了嘛」來總結。至少，對於不曉得我們直到最近都還在摸索適當距離的父母而言，這句總結就夠了。

「不過，如果覺得現在的環境有什麼不足的地方儘管說。畢竟我們能做到的，也就只有為你們準備一個良好的環境。」

「……是指定期考試？」

「啊，這個嘛……那個……因為你們這次狀況似乎不太好嘛。」

老爸吞吞吐吐地說道。

想來他是顧慮到我們的心情，怕談到這種話題會對考生造成壓力吧。

「不用擔心啦。原因我們很清楚。」

「是這樣嗎？」

「嗯。像是意識到大考、新學期新環境之類的，讓我們沒辦法專心面對學校的定期考試。當然，我們也沒想要把它當成維持現狀的藉口。只要曉得原因，下次就能修正。」

我沒說謊。

說得更精確一點，其實是我和綾瀨同學的關係差點陷入共依存狀態，導致集中力低落。不過這點目前還不能說，也沒必要說。

「沙季也是這麼說的。」

「嗯……你們不用擔心。」

「這樣啊。既然你們兩個說沒問題，那我相信你們。」

「呵呵，對不對，我說過了吧？」

老爸顯得有點洩氣。亞季子小姐摸了摸他的肩膀，露出得意的笑容。

這是怎麼回事？

看見我和綾瀨同學面面相覷，亞季子小姐就像個打小報告的小學生一樣，淘氣地說道：

「太一他啊，一～直擔心自己是不是在沒自覺的情況下做出什麼奇怪的舉動，帶給你們壓力。」

「亞、亞季子。妳怎麼講出來啦？」

「有什麼關係？這種事不用隱瞞嘛。而且和**接下來要談的事**也有關啊。」

「這個嘛……也對。嗯，確實是這樣。」

接下來要談的事？

「我們之前很擔心，怕你們狀況不佳是我們害的。我們常常因為工作不在家，雖然最近分擔了比較多家事，不過讓你們把時間花在家事和做飯上也是事實。我們在想，如果是一般家庭，說不定能整頓出一個更能專心念書的環境。」

「根本──」

「沒這回事。沒有。絕對。」

兄妹兩人同時出言否定。

「現在已經夠好了，要求更多會遭天譴的。」

「呵呵。對吧，太一。兩個孩子很可靠的，沒問題。」

「哈哈。這樣啊，這麼說也對。唉呀，這下搞得好像我不信任你們兩個一樣，抱歉啦。」

有綾瀨同學緩頰，又有亞季子小姐安撫，老爸很不好意思地抓了抓頭。

老爸雖然在笑，不過這對他來說應該關係重大，就連我也大概猜得出來。

明明自認為做得很好，發現時感情卻已經毀於一旦。明明只是為了家庭才會全心投入眼前的工作，人家卻把自己當成萬惡的根源。

這段已經隨著再婚淡去的記憶，恐怕還沉澱在老爸心底深處，成了一道無法抹消的陰影。

所以他才會連家人——我和綾瀨同學的些許不對勁都能感受到，為我們操心。

反過來說，只不過像這樣稍微磨合一下就能讓老爸鬆口氣，我想這正是他已經走出心靈創傷、得到幸福的證據。

……怪了？這麼說來，重點是這個嗎？

亞季子小姐剛才說：「和接下來要談的事也有關。」

「呃，你們很擔心這我已經知道了……所以要談什麼？」

「啊，對對對。那個啊。」

我這麼一問，老爸便探出身子說道。

「這個週末，我打算利用六日來一趟旅行。」

「咦？四個人一起去嗎？」

「不是。呃～抱歉嘍。我也很想四人同行，不過這一次……」

「要和媽媽兩個人去。畢竟是結婚紀念日嘛。」

看見老爸吞吞吐吐的模樣，綾瀨同學苦笑著伸出援手。

啊，原來如此。

這個家庭組成至今過了一年，也就表示淺村太一、綾瀨亞季子的婚姻生活剛好滿一年。

「雖然慶祝得稍微晚了點，但我們想好好紀念這個日子。不過，悠太和沙季正為課業而煩惱，太一一直擔心在這時談這個話題會顯得很不識相。」

「喔，所以才說有關……什麼嘛，老爸原來你也懂得為人著想啊？」

「悠太，你是不是看不起爸爸啊？」

「我很尊敬你的神經能這麼粗喔。」

「哇，居然講這種話。妳聽到了嗎，亞季子。悠太他每次都這樣！」

「呵呵。」

正因為距離夠近，兒子才能這樣調侃，父親則是故意誇張地表示不滿。母親見狀不禁笑了出來，妹妹則是無奈地苦笑。

我真的很喜歡這樣的家庭。

腦袋裡非常自然地浮現這個感想。

綾瀨同學想必也一樣。我看向旁邊與我視線相交的她面帶微笑。我能肯定，對於父母的提議，她的回答和我一樣。我們不約而同地說：「可以啊，你們好好享受旅行吧。」

仔細一想，這一年來，這對夫妻始終在為我們──為孩子著想。能悠閒過兩人時間的機會實在不多。

正因為夫妻都在工作，而且平常的作息不一致，所以希望好歹每年的紀念日讓兩人共度。

這是我和綾瀨同學對於父母的心意，沒有半點虛假。

「謝謝。那我們就不客氣地好好放鬆嘍。」

亞季子小姐微微一笑。

看見這對幸福的夫妻，我，還有綾瀨同學，相信我們給了正確的答覆──直到我們聽見亞季子小姐的下一句話為止。

「週末只有你們兩個在家，門窗要記得關好喔。我們會留下足夠的錢，隨你們高興怎麼用。如果沒時間做飯可以去外面吃，想自己做也行。要留下來當零用錢也可以喔。」

這聲「咦」是出自我還是綾瀨同學，就連我自己也不知道。

恐怕是我們兩個同時出聲吧。

父母不在的週末。

雖然我們已經度過好幾個雙親不在的夜晚，他們絕對不會回來的日子卻幾乎不曾出現。

我嚥下口水。

在學校要更接近、在家裡要稍微遠一點。

我們將以「尋找適當的距離」展開新的義妹生活——情侶般的兄妹生活。這個週末，說不定就是我們的第一道試煉。

後記

感謝您購買小說版《義妹生活》第8集。我是YouTube版原作者&小說版作者三河ごーすと。由於家庭破碎而下意識渴求愛情的兩人，成為無血緣兄妹之後逐漸心意相通，在戀愛中一同成長。相識至今過了一年。兩人周圍的景色雖然和去年相似，卻有明顯的不同……本集就是這樣的內容。

本作和一般所謂的戀愛故事不同，被稱為戀愛生活小說，也就是「我們會聚焦在悠太和沙季兩人的人生喔」的意思。人生過了一年，風景會有所不同，人際關係同樣會出現微小但確實的變化。理所當然地，悠太和沙季周圍的環境也會一點一點地改變，與去年不一樣的故事在等待他們。

到了這一集，兩人升上了三年級，也開始聽得到擔心作品完結的聲音。確實，以「高中生的戀愛故事」來說進展穩定，可說已經來到就算看見終點也不足為奇的位置。但是，本作是戀愛生活小說，該描寫的重點，是他們兩人的人生，如果不填滿人生中所有的欠缺之處，到達不會再有所成長、有所變化的階段，就不會完結。要到那一刻，還有許多人生路要走。

想來這會是一部很長很長的故事，希望各位讀者能夠見證悠太與沙季的人生到最後。

那麼，以下是謝辭。插畫Hiten老師、聲優中島由貴小姐、天﨑滉平先生、鈴木愛唯小姐、濱野大輝先生、鈴木みのり小姐、包含影片導演落合祐輔先生在內的每一位YouTube版工作人員、責編O編輯、漫畫家奏ユミカ老師、所有關係人士，以及各位讀者。感謝你們一直以來的關照。

以上，我是三河ごーすと。

父母不在，悠太與沙季將度過
「完全只有兩人的兩天」。
彼此真的能保持適當的距離嗎？
還是會下定決心跨過那條線呢？
這是兩人理性與感情的競爭。
在友情與青春與
新的相遇之後……

預定發售！

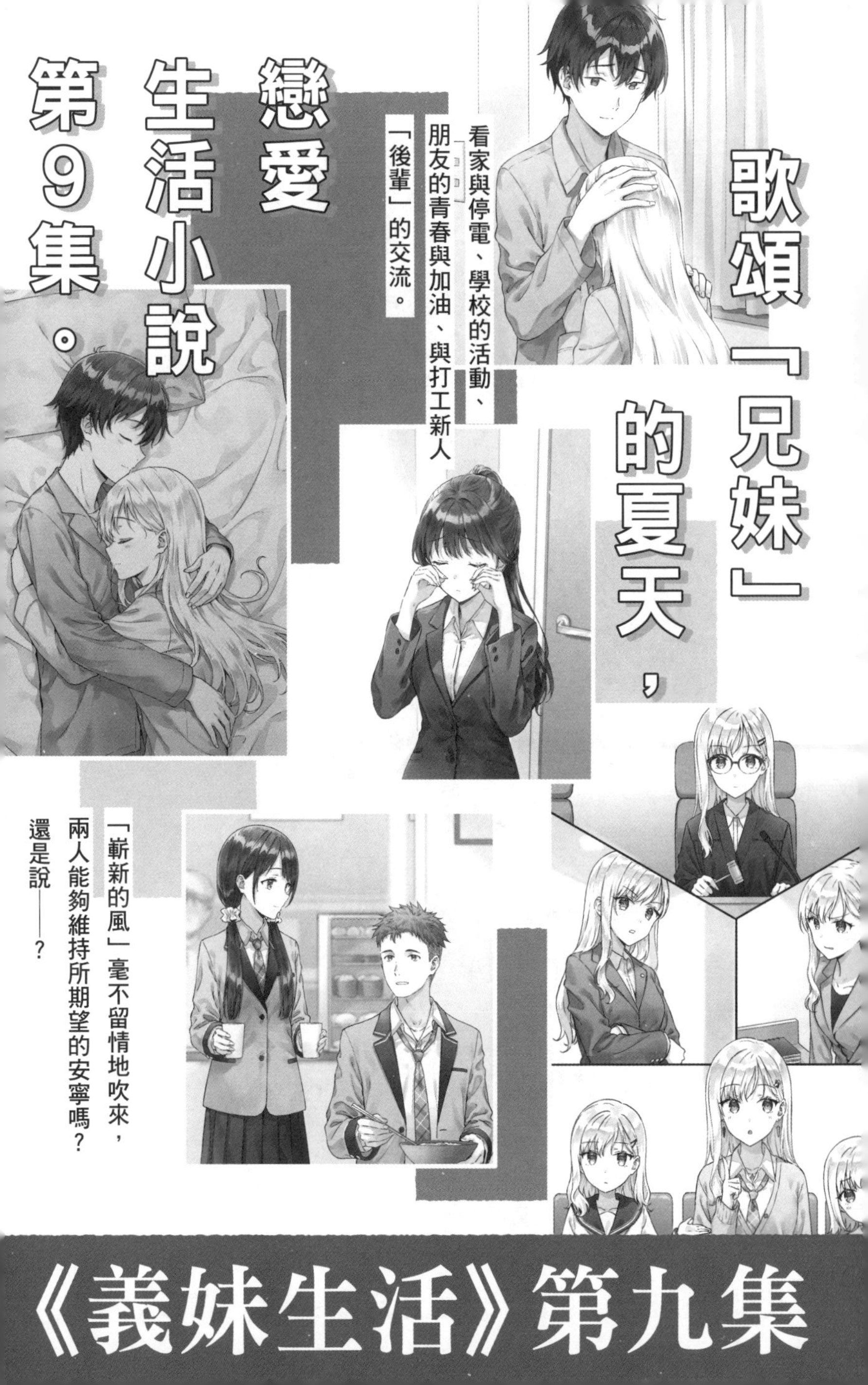
歌頌「兄妹」的夏天，
看家與停電、學校的活動、朋友的青春與加油、與打工新人「後輩」的交流。
戀愛生活小說第9集。
「嶄新的風」毫不留情地吹來，
兩人能夠維持所期望的安寧嗎？
還是說——？
《義妹生活》第九集

繼母的拖油瓶是我的前女友 1~10 待續

Kadokawa Fantastic Novels

作者：紙城境介　插畫：たかやKi

「我想……再獨占你一下下，好不好？」
復合的兩人展開同住一個屋簷下的全新日常！

再次成為情侶的結女與水斗談起了祕密戀愛，同時卻也對這種無法跨越「一家人」界線的環境感到焦急難耐。沒想到雙親決定在結婚紀念日來個遲來的蜜月旅行……但主動開口不就是輸了？帶著羞怯與自尊，這場毅力之戰會是誰輸誰贏？

各 **NT$220~270/HK$73~90**

身為VTuber的我因為忘記關台而成了傳說 1~6 待續

Kadokawa Fantastic Novels

作者：七斗七　插畫：塩かずのこ

衝擊的VTuber喜劇，
傳說與傳說硬碰硬的第六集！

在「三期生一週年又一個月紀念直播」完美落幕後，傳說級的VTuber「星乃瑪娜」居然邀請淡雪參加她的畢業直播！眼見要與尊敬的Ｖ進行合作，淡雪在感到緊張之餘也決定全力以赴。在這段過程中，淡雪因為微不足道的契機而面對起自己的「家人」——

各 **NT$200~220/HK$67~73**

你喜歡的不是女兒而是我!? 1~7 完

Kadokawa Fantastic Novels

作者：望公太　插畫：ぎうにう

獻給所有年長女主角愛好者的
超人氣年齡差愛情喜劇，終於完結！

我和阿巧在東京同居的這段時間……不小心有孩子了。突如其來的懷孕，把我們的關係連同周遭其他人一口氣往前推進。即使如此，一切仍舊美好。各種決定、各自的想法、無法壓抑的感情。懷著許多回憶與決心，彼此的結局將會是──

各 **NT$200~220/HK$67~73**

因為女朋友被學長NTR了，我也要NTR學長的女朋友 1~3 待續

Kadokawa Fantastic Novels

作者：震電みひろ　插畫：加川壱互

餘情未了？別有所圖？
以選美比賽為舞台，前女友即將展開報復？

在蜜本果憐的安排下，燈子被迫參加校內選美大賽，卻意外陷入苦戰。優提議以燈子罕為人知的可愛一面來博取支持，結果又是做菜又是穿泳裝，甚至還得展現令人難以想像的一面？兩人被前女友來襲的狀況耍得團團轉，戀情究竟會如何發展？

各 **NT$220~250/HK$73~83**

一點都不想相親的我設下高門檻條件，結果同班同學成了婚約對象!? 1~7 待續

Kadokawa Fantastic Novels

作者：櫻木櫻　插畫：clear

隨著關係變得更加親密而來的是——
假戲成真的甜蜜戀愛喜劇，獻上第七幕。

愛理沙與由弦在耶誕節造訪遊樂園，享受兩天一夜的約會。除夕一起煮跨年蕎麥麵。新年共同前往神社參拜——度過了許多甜蜜愉快的時間。而一個月後的情人節，由弦滿心期待收到愛理沙的手作巧克力，結果在學校的鞋箱裡發現一個繫著可愛緞帶的盒子……

各 **NT$220~250/HK$73~83**

轉生後的我成了英雄爸爸和精靈媽媽的女兒 1~8 待續

Kadokawa Fantastic Novels

作者：松浦　插畫：keepout

為了保護重要的人，
必須全力抓住自己期望的未來！

我是覺醒為下一代女神的精靈艾倫。爸爸跟變成魔物風暴核心的艾米爾對峙，結果命在旦夕！而賈迪爾為了保護我，也受到瀕死的重傷！幕後主使是鄰國海格納的國王杜蘭。竟敢對我重要的人們下手，非讓你好好付出代價不可！

各 **NT$200~240/HK$67~80**

在地鐵拯救美少女後默默離去的我，成了舉國知名的英雄。 1 待續

Kadokawa Fantastic Novels

作者：ざっぽん　插畫：やすも

以安穩生活為優先的我，決定隱瞞真實身分到底。
但我絕對會保護妳，當個無名英雄。

一名少女在地鐵險遭隨機殺人魔襲擊。事後在採訪中映出的可愛樣貌，讓她被譽為「千年一遇的美少女」。而她所尋找的救命英雄……不就是我嗎？儘管我不打算自報身分，但想不到在入學的高中又遇見她──雛海！明明應該不記得我，她卻對我莫名親近──

NT$260/HK$87

青春與惡魔 1 待續

Kadokawa Fantastic Novels

作者：池田明季哉　插畫：ゆーFOU

那天晚上，我的青春伴隨著「火焰」，傳出初啼——

為了取回忘記帶的手機，在原有葉潛入夜晚的學校，在屋頂遇見了熊熊燃燒的美少女——伊藤衣緒花而受她威脅，只得對她言聽計從。隨著對彼此的了解增加，他發現看似完美的衣緒花，其實也懷著深沉的煩惱……遭「惡魔」附身的青春，究竟會如何落幕？

NT$240/HK$80